KEITAI
SHOUSETSU
BUNKO

野いちご SINCE 2009

孤独なシンデレラに
永遠の愛を捧ぐ。

古城あみ

JN030592

◎ STARTS
スターツ出版株式会社

イラスト／小鳩ぐみ

あるところに、
　たいそう美しい娘がおりました。

　娘は母親を病気で亡くし、父親とふたりで暮らしており
ましたが、ある日父親が新しい母親を連れて来て、義理の
姉もできました。

　そして娘は幸せな家庭と幸せな生活を手に入れました。

　しかし、そんな幸せな時間は長くは続きませんでした。
　いつしか娘は愛の存在を信じられなくなり、ずっとひと
りでかまわないと思うようになりました。
　でも、きっと心のどこかで愛をさがしていたのでしょう。

　だって、人はひとりでは生きていけない。

　彼女のガラスの靴を拾ってくれたのはだれ？

　———あなたが、私の王子様？

contents.

プロローグ

　決してせまくはない自分の部屋で、ひとりうずくまった。

　窓からのぞく空は濃紺で、無数の星がキラキラと冷たく輝いている。

　私はその空を見上げて、ひとつ白い息を吐いた。

　かすかに聞こえる車の音、楽しそうな声。

　こんなにもこの地球にはたくさんの人であふれているのに、だれも私の存在に気がつかない。

　だれも私を見つけてくれない。

　ねえ、さみしいなんて。

　つらいなんて、言わないから。

　どうか……どうか……無償の愛をください。

　──私を愛してと、心が叫んでる。

第1章

◊

I　私の日常

高野結愛。

自分の名前が好きかと聞かれれば、私は"嫌いだ"と即答する。

"愛"なんて存在しない、そう思うから。

そして、同じくらいこの街も、今私がいる場所も嫌い。

早くこの場所から出ていくのが私の目指すところ。

だから今は、この憂鬱な毎日もがまんしなければならない。

「高野さん、おはよ」

「おはよう」

教室へと向かう廊下で長い黒髪をなびかせながら、顔は覚えているけれど名前は知らないクラスメイトに、にこりと微笑みあいさつする。

この私立高校に入って三年が経つが、ひとりの名前も覚えていない気がする。

これが私。

冷静沈着。住む世界がどこかちがう。高嶺の花。

──そんなキャラを作っている。

「ねえねえ、聞いた？」

「え？　なになに？」

「今日は湊様たちがご登校されているみたいだよ」

「えー！　本当に!?　ひと目見たかった！」

　"様"をつけられているなんて、どこぞの王子様だよ、と心の中で悪態をつきつつ、笑顔でクラスメイトの会話を聞く。

　湊様たちというのは、うちの学校のアイドル的存在の男子三人組であり、おどろくほど金持ちだとか、一般人とはちがうんだとか風のウワサで聞いたことがあった。

　みんなに崇められていることから推測するに、それなりの地位とそれなりのルックスであることは、容易に想像できるけれど。

　私は彼らを知らないし、興味もない。

「あとで湊様たちのクラスをのぞきに行かない!?」

「いいねっ！　高野さんも一緒に行かない？」

「……いや、遠慮しとく」

　私はそんな人たちを見るヒマがあれば参考書を見ていたい。教科書を読んでいたい。

　そんなことにキャッキャしてるヒマがあるなら、この間のテストの復習でもしておけばいいのに。

　そんなことを考えても、口には出さない。

　ウザがられてはめんどうくさいし、相手の利益になるようなことも言おうと思わない。

　私は自分さえよければ、ほかはどうでもいいのだから。

　もちろん、アドバイスをくれと言われたのならちゃんと言ってあげるけど。

　あくまでキャラ作りのために。

今日もいつも通り、ほとんどの時間をひとりで過ごす。

はあ。めんどくさい授業を受けてがんばった。

今から図書館に行って勉強しなきゃ、なあ。

スタスタと静かな廊下を歩く。

人通りの多い廊下は嫌い。

ウワサ話が飛び交うから。

『高野さん、またテスト1位だって！』

『ええ！　またすごい！　天才だね』

『だよね！』

天才？　冗談じゃない。

私はこんなに努力してるのに。

めちゃくちゃ陰で努力して1位をもぎ取っているのに。

バカみたい。

ムダ口叩くヒマがあったら努力すればいいのに。

その時とつぜん、荒っぽい声が聞こえた。

「お前、調子乗りすぎなんだよっ！」

「っ……!?」

　一瞬、自分のことを言われているのかとおどろいたけれど、まわりにはだれもいない。

　廊下の角から、声のしたほうをそっとのぞいてみる。

　すると、ひとりのかわいらしい女の子が3人の派手めな女子たちに、壁に追いこまれるようにして囲まれていた。

「湊様たちといっしょにいるけど、どういうつもり？」

「わ、私は！　拓くんと……」

「うるさいっ！　拓様の名前を気安く呼ばないでよ！」

　いやいや、あんたたちが聞いたんだから最後まで答えさせてあげなよ。

　というか、"湊様"って……、もしかして、あの"三人組"がらみ？

　なるほど、あの女の子は"三人組"と仲がよくてそれをやっかまれているとか、そんなところだろう。

　こういうのは他人が口をはさむとややこしくなるので、首を突っこまないのに限る。

　あの女の子もそんな"三人組"と関わるなんて命知らずにもほどがある。

　現に今、危ない目にあっているじゃないか。自業自得だ。

　哀れみの目で見ていると、パチッと目が合ってしまった。

　すると彼女は「助けて」と言わんばかりにウルウルと目に涙をためた。

　本当に最悪!!

　めんどうなことには巻きこまれたくないのに、ここで彼女を見放せば、私はイジメを見て見ぬふりした最低な人間になってしまう。

　それは、私が演じているキャラに反するから、避けなければならない。

　しかたなく私はため息をひとつ吐いて、4人の前に姿を現した。

「ねえ、あなたたち何してるの？」

「は？　何って……、っ高野さん」

　私が話しかけると、3人の女の子たちは息をのみ、青ざ

めた。

「何してるの、って聞いたんだけど？」

「た、高野さん、これは！」

「何？」

「この子が湊様たちといっしょに行動しているから、身の
ほどをわきまえるように忠告してあげてて……」

「だれとだれが仲よくしようが、他人からとやかく言われ
る筋合いはないんじゃない？」

　彼らが仲よくしたくてしているのだから、部外者が文句
をいうなんてまちがっている。

　そもそも、そんなに仲よくしているのがうらやましいの
なら、自分も努力すればいいのに。

「あなたたちがやっていること、なんて言うか知ってる？
イジメって言うんだよ」

「だ、だって！　こいつっ！」

「理由がどうであれ、あなたたちの将来を棒に振るような
マネはしなくていいんじゃない？」

「…………」

　努力の方向をまちがっている。

　女の子たちは思い直したのか、沈んだ表情で私に頭を下
げた。

「ごめんなさい、高野さん…見逃してください……」

「……今回はね。次、同じことしたら……先生に報告する
からね？」

「……っ！」

　３人の女の子たちは顔色を青くしたまま、パタパタと廊下を走り去っていった。

　バカみたい。

　私はあなたたちの名前を知らないから、先生に言いつけることなんてできないのに。

　ふふっと笑みをこぼせば、廊下に私の笑い声が響いた。

「──あの……」

　やば、この子のこと完全に忘れてた。

　声をかけられてやっと、詰め寄られていた女の子の存在に気がついた。

「ありがとうございました！　高野さん！」

　私に尊敬のまなざしを向けてくる。

「実は何度かこうやって呼び出されることがあって……。私が"三人組"と親しくしているのがよく思われないみたいで、今日も帰るところを待ちぶせされてたの」

「いえ、当然のことをしただけだから」

　さっきのおびえた表情がうそだったかのように饒舌になっているので、会話をそこそこで終わらせようとした。彼女の話を聞いていると日が暮れそうだ。

「じゃあ」

　これから勉強しに行かなくちゃならないんだ。

　そう思い出して、私はその場から去ろうとした。

　だけど、彼女はそうはさせてくれなかった。

「あの！　高野さん！」

　不意に腕をつかまれ、ピタッと足が止まる。

　……次はいったい何の用だ。

「はい？」

　めんどくさい気持ちを押しころし、ひかえめに笑顔を作って振り返る。

「私と友達になってくれませんか！」

「……はい？」

「私、高野さんの綺麗《きれい》なだけでなく、その正義感あふれるところが好きになりました！　お願い！」

「…………」

　正義感。なんて私と無縁《むえん》な言葉だろう。

　当たり前だけど、私のうわべしか知らない彼女と仲よくなれる気はしない。

　そもそも私は勉強にしか興味がなくて、おもしろみのない人間だ。決して彼女が思っているようなステキな人間じゃない。本当の姿《すがた》を知ったら、きっと幻滅《げんめつ》するだろう。

　だから私は、だれとも仲よくしないようにしてきたのに。

「私は、だれとも友達になるつもりはないの」

　私が笑顔でそう言えば彼女は目を丸くした。期待が外れてガッカリしただろうか。

「だったら、これからなればいいじゃん！」

　私の心配をよそに、彼女は笑ってそう言った。思っていたよりも図太《ずぶと》いみたい。

　私はふふふ、と皮肉《ひにく》に笑って、彼女につかまれた腕をやんわりと振りはらい、歩きだす。

　ところが。

「私、香川佳穂っていうの！　よろしくね！　高野結愛さん！」

　彼女は私を追いかけて、わざわざ目を合わせて自己紹介してくるから、足を止めるはめになる。

　うるさいなあ。友達にならないって言ってるのに。

　名前だって言われても覚えないっての。

　私の名前を知られていたのは少し予想外だったけれど。

「ねえねえ、これからは結愛ちゃんって呼んでもいい？」

　ダメって言ってしまえばいいのに、ひとなつっこい笑顔で問いかけられると、拒めない自分がいる。

「勝手にすれば？」

　私は彼女を置いて、ふたたび歩きだした。

「結愛ちゃん、ありがとー!!」

　背後から叫ぶ彼女を完璧に無視して歩き続ける。

　その後、いつも通り図書館に向かった私は知らなかった。

　──まさか彼女との出会いが、私の人生を左右することになるなんて。

II　みんなの王子様

　キーンコーンカーンコーン……。

　チャイムが昼休みの始まりを告げて、ざわめきだす学校。

　昼食にしようとお弁当箱を机(つくえ)の上に出した。

「ねえ、高野さんもいっしょに食べない？」

「あ、うん。そうしようかな」

　私はそのクラスメイトのグループが食べている机に自分の机をくっつけて、弁当箱を開く。お弁当は毎日声をかけてくる人と適当(てきとう)に食べている。つまり、日替わりでいろんな人と食べていることになる。

　クラスメイトの名前はほとんど覚えていないので、目の前にいる人の名前もあまりわからない。

「わあ！　毎回思うけど高野さんのお弁当、おいしそうだよね～」

「……ありがとう」

　にっこり笑えば、A子ちゃんは少し頬(ほお)を赤くした。

　今日のお弁当は、ふりかけごはん、ハンバーグ、甘いたまご焼きとウインナー、きんぴらごぼう、トマトとブロッコリー……。

　朝、少し寝ぼうしてしまったので冷蔵庫(れいぞうこ)に残っていたものに助けられた。

「もしかして、これ高野さんが自分で作ってるの？」

「うん」

「ええ！　私、料理できないから尊敬！　あこがれるなあ！」

「すごいよねえ。私なんてお母さんに作ってもらってるけど、ほとんど冷凍食品」

「それ、ミホのお母さんが手抜きしてるってこと〜？」

　キャハハッ！と私の前に座っているＢ子が笑い、みんなも笑う。

　私もそれに合わせて、少しもおもしろくないのに声を出して笑う。

　お母さんに、感謝するべきだと思うんだけどなあ。たとえ、冷凍食品ばっかりのお弁当でも。

　私だって、作ってもらえるなら作ってほしい。

　結局はみんな、ないものねだり。

「──ねえ、聞いた？　香川佳穂の話。今日もいっしょにいたって」

「香川佳穂……？」

　昨日の今日だからさすがに名前を忘れるはずもなく、反応してしまった。

「あれ？　もしかして高野さん、あの子のこと知ってるの？」

「ううん。彼女がどうかしたの？」

　私は顔色ひとつ変えずにたずねた。

　昨日はじめて存在を知っただけの人物だから、知らないと答えてもうそにはならない、はず。

「香川佳穂ってね、あの"三人組"と唯一仲よくしてる女

子なんだよ」

「……へぇ～」

　正直、興味がない。その"三人組"のことも。香川佳穂
のことも。

　ただ、関わってしまった人だから少し気になっただけ。

「ウワサでは三人組のだれかの彼女なんだって。ちょっと
ショック～」

「でもさー、香川佳穂って案外ふつうじゃん？　たしかに
少しかわいいけどさ、アレだったら……うちらも、なきに
しもあらずだよね!?」

「言えてる～！」

　ぜんぜん言えてないと思う。

　あなたたちはイジメられても、陰でこんな風に好き勝手
言われてても耐えられるの？

　きっとあの子は強い。こんなにウワサが立っていて、本
人の耳に届かないはずがないんだから。

　周囲の人間に何を言われても明るくて、それでいて"三
人組"といっしょに行動し続けているなんて、自分を強く
持っているからできることだ。

「きっと高野さんだったら"三人組"もイチコロだよね！」

「いやー！　高野さんだったら、うちらなんて勝ち目ない
じゃん！」

　バカらしい。

　勝ち目とかそんなの、がんばってみないとわからない
じゃん。

　なんでそうやって、自分の可能性をつぶしちゃうんだろう。

「……そんなことないよ」

　笑顔を貼りつけて、謙虚に振る舞う。

　やっぱり私、グループ行動に向いてないわ。

　昼食を早々に食べ終えて、向かっているのは図書室。

　良い大学に行くための勉強の時間は、少しだって惜しまない。

　私がなぜこんなに勉強に執着しているのかといえば、家庭に事情がある。

　5歳年上の義理の姉は県外の大学に進学して、家を出て行った。

　私も、お義姉ちゃんのあとに続いて家を出るんだ。

　お父さんやお義母さんに頼らなくても生きていけるように、自立しなくては。

　学費も親を頼るつもりはないから、上位の成績を取って奨学金をもらわなければならない。

　もちろん進学先は学費が安い国公立大学でなければならないし、浪人なんて許されない。

　だから私は死ぬ気で勉強する。

　死んでも勉強する。

　塾に通いたいと頼んだけど、お義母さんに必要性を理解してもらえず、通わせてもらえなかった。

　だから自分の力で、もっと、もっと勉強しなくちゃ。確

実に合格できるように。

　大学進学のためのお金なんてアルバイトでためればいい
かもしれない。

　私もそれは考えた。だけどうちの高校はアルバイト禁止
なのだ。

　なかには隠れて働いている人もいるけど、バレれば生徒
指導の対象になり、よくても停学処分になる。

　それは大学の合否判定に影響を与えるかもしれないの
だ。

　そんなハイリスクを背負ってアルバイトに精を出すよ
り、学業に専念したほうがずっと賢いやり方だと思う。

　悪い成績をとって親の顔に泥を塗るわけにはいかない。
ぜったいに。

　そう、もうこれ以上は……。

　私は参考書とノートをかかえて、廊下を早足で歩いてい
る。

「キャー！」

　そのとき悲鳴のような甲高い声が聞こえて、生徒たちが
廊下の端に寄り、真ん中に通路を作った。

　何ごと？という疑問はある人物をとらえて、すぐに消え
た。

　直感でわかる。なんというかオーラがちがう。

　一般人とかけ離れている。

　中心を歩いているひとりは黒髪でクールな印象。

　その右隣を歩いている人は金髪で、まわりの女子を嫌悪

しているのか顔をしかめている。

　そして、左側を歩いている人は黒髪で黒ぶちのメガネを
かけており、金髪の人とは真逆でにっこりと笑みを浮かべ
ている。

「あの！　よかったらクッキー受け取ってください！
さっき、調理実習で作ったんです」

　ひとりの女の子が"三人組"にピンク色の袋を渡してい
る。

「ごめんね、僕たち甘いものはあまり好きじゃないから、
こういうのもらっても食べられないんだ」

　そう言ってメガネの人は女の子にそのまま返していた。
あとのふたりは女の子を一瞥するのみで、無表情のままと
くに反応は見せない。

　すると、女の子はがっくりと肩を落として下がっていく。

　3人ともタイプはちがうけれど全員顔が整っているし、
身長が高いせいか、ほかの生徒と同じ制服を着ているはず
なのに、モデルのようなたたずまいだった。

　中心を歩いている人と金髪の人は、ネクタイをゆるく締
めていて全体的に着くずしているが、メガネの人はシャツ
のボタンを上まで留め、きっちりとした印象。彼らのこと
をよく知らない私でも、着こなしがそれぞれに合っている
のがわかった。

　女子という女子が、うっとりするのもわからなくない。

　まあ今後彼らと関わることなんてないし、そんな分析し
たってしかたないか。

　私が今やるべきことは図書室へ行って、予鈴が鳴るまで勉強するだけ。端っこで人と人との間を縫うように歩いていてはムダに時間を食ってしまう。

　私はかまわずに生徒たちが避けてできた道の真ん中をどうどうと歩いた。

　なんで"三人組"のために端っこに寄らないといけないのか。

　まわりからの視線を感じたけれど、まっすぐ前を見てひたすら歩いた。

　どんどん"三人組"が近づいても、そんなの気にしない。

　だけどすれちがった時、

「ねえ、キミが"高野結愛"サンじゃないの？」

　メガネの人に腕を引かれて、立ち止まるしかなかった。

　まわりにいる生徒たちが息をのむのがわかる。

　この人、なんで私の名前を知ってるの？

「ね、高野サンでしょ？」

「そうですが？」

　なぜ声をかけられているのかわからないまま、淡々と答えた。

「ふーん、やっぱりね」

　メガネの人の口角がさらにキュッと上がった。

「あの、腕離してもらえます？」

　痛いんですけど。

「ああ、ごめんね。でも離すわけにはいかなくて。これからついてきてもらえる？」

「はい？　いや、これから図書室に行く予定なので」

　この人、ぜったい「ごめんね」なんて思ってないでしょ。その証拠に、つかんでいる手の力がまったく変わらない。

「すごい、湊様たちと高野さんがしゃべってる！　絵になる〜〜！」

　視界の端で、まわりの生徒たちがスマホで動画を撮っているのが確認できた。

　勝手に撮られていることに不快感がこみ上げてくる。

「じゃあ、放課後はどうだ？」

　真ん中にいた人が提案してきた。

「そのほうが時間も取れるし、好都合だと思うんだが」

「…………」

　放課後も私には勉強がある。“三人組”と関わっているヒマはない。

「決まりだな。放課後迎えに行くから」

「ちょっと！　私はいいなんてひと言も──」

　こちらの返事も聞かず、勝手に決めて去って行ってしまう。強引なところが、昨日会った彼女に少し似ている。

「逃げんなよな！」

　金髪の人が振り返って私に言った。

　その言葉を聞かなかったことにして、逃げるつもりだった。

　そう、放課後までは。

　ところが私は、教室まで迎えに来た“三人組”にあっさりと捕まってしまい、クラスメイトたちが見守る中、3人

についていくはめとなった。

　"三人組"について学校を出て、たどり着いたのはこぢんまりとした一軒家。
「ここは僕たちの遊び場なんだ」
　家の中に入る時、メガネの人がそう言った。
　遊び場？ってことはだれかの家ってわけじゃないんだ。
　そんな私の考えを読み取ったのか、メガネの人はふたたび口を開く。
「この家はもともと湊の家のセカンドハウスでね、僕たちが自由に使わせてもらってるんだ」
　玄関を入って右手のドアを開くとリビングのような部屋が広がっていた。
　高級感のある革のソファーの横にはオシャレな間接照明が置かれている。本棚にはたくさんの本が並べられ、いかにも高そうな花瓶には、ピンクや白色のバラが飾られていた。
「あ、結愛ちゃん！」
　聞き覚えのあるソプラノの声で名前を呼ばれ、見れば昨日の女の子がソファーに座っていた。
「香川……佳穂、さん」
「名前、覚えててくれたんだ！」
　やったぁ！と微笑む。
　彼女がここにいるってことは、やはり"三人組"と仲がいいんだろう。

「……あの、私はなんでここに連れて来られたんですか？」

「佳穂が会いたいって言うから。とつぜん話しかけて悪かったね」

「そう！　私が頼んだの！」

　なら、あなたが呼びに来ればよかったのに。

　"三人組"と話していたら不穏なウワサが飛び交うに決まっている。昼だって動画や写真を撮られていた。

「結愛ちゃんは私が呼んだだけじゃ、ぜったい来てくれないでしょ？」

　当たり前じゃん。

　私は人と深く関わりたくないもの。

　もしあなたが呼びに来ていたら追い返せていた。

「だから３人に頼んだの。来てくれてよかった〜」

　来た、と言うよりは連行されてきたんですが。

「佳穂のこと、助けてくれたんだってね。僕からもお礼を言います。ありがとう」

　メガネの人が微笑む。

「いえ。たいしたことはしてないので」

　まさか彼らからお礼を言われるとは思っていなかったので、拍子抜けしてしまう。

　有無を言わさない様子から、てっきりなにかを問い詰められるのかと思っていたから。

「で、私になにか用？」

　私の問いかけに香川佳穂は目を丸くしたあと、

「友達になりたいから」

　子どもみたいに笑った。

　だから、ならないって言ってるのに。

　なぜこんなにしつこいんだろう。

「……私ね、じつは３人とは幼なじみなの」

「幼なじみ？」

「うんっ！　食事会なんかで会うから、むかしからタクくんたちとは知り合いでね……。この３人とずっといっしょにいるから友達できなくて」

「ああ、だれかの彼女なんでしょ？」

「なんだ！　知ってたの!?　結愛ちゃんってこういうの、うといと思ってた！」

「いや、今日はじめて聞いたの」

「そっか」

　彼女はあいかわらずにこにこしている。

「私はタクくんと付き合ってるの！」

　タクくんってどれ？　知らないんだけど。

　"三人組"の存在はウワサで知っている程度で、それぞれの名前はわからない。

　そんな気持ちが顔に出ていたのか、メガネの人が少し笑って言う。

「佳穂、僕らまだ自己紹介してないんだよ。僕がタクです。九条拓」

「で、そっちの黒髪が逢坂湊。それで、金髪が──」

「成宮隼人だ」

　なぜか成宮隼人は私をにらみながら、九条拓の言葉をさ

えぎって名乗った。

　何も悪いことはしていないはずなのに、なぜにらまれなくちゃいけないんだ。……感じ悪いな。

「私は、高野結愛って言います」

　礼儀（れいぎ）として名乗ったけど、よろしくするつもりはないし、名前なんて覚えてもらわなくてもかまわない。

「知ってる」

「……え？」

　逢坂湊の艶気（つやけ）をふくんだ低い声が耳に響く。

　そうか、そういえば３人に会った時に名前を呼ばれたか。

　名乗る必要なんてなかったなと思った。

　逢坂湊は学校では無表情でクールな印象だったのに、今こちらに向けた表情は柔（やわ）らかく感じる。

　思わず見入ってしまい、じっと見つめると、長い脚（あし）を組み直しながら視線を外された。

「高野さん、佳穂と友達になってあげて？」

　九条拓が小首をかしげる。

　やだね。

　今までこの人たちは、お願いすればなんでも叶（かな）っていたんだろう。

　でも私には通用しない。

「悪いけど、ほかを当たって」

　友達なんかより勉強する時間が必要だから。

「……おい、俺は認めねえから」

「は？」

28

　無意識に声が出てしまってあせった。

　危ない。本性がバレてしまう。

「言っとくけど、俺はお前が嫌いだ」

「…………」

「ちょ、ちょっと！　隼人くん、なんてこと言うの！」

　言われなくてもわかってた。

　成宮隼人は、嫌悪感を態度で示していたじゃないか。

　それに私だってあなたたちが大っ嫌いだ。

　成宮隼人はもちろん、あとのふたりも。

　自分勝手だし、態度ででかいし、何より私と住む世界が
ちがいすぎるから。

「こちらこそお断り」

　そう言って私はさっさと出口へと向かう。やっぱりここ
に来たのはまちがっていた。

　何もしてないのに。むしろ私は強引に連れてこられただ
けなのに、なんでこんなこと言われなければならないのか。

「待って、結愛ちゃん！」

　香川佳穂の声にも振り返らず、外に出る。

「おいお前！　今後、ここには来るな！」

　後ろから成宮隼人の大きな声が聞こえた。

　自分から来るわけない。

　彼らといる必要性を感じられない。

　むかむかした気分のまま玄関の扉を開け、外に出たその
時。

「結愛ちゃん、待って！」

　追いかけて来た香川佳穂が私の腕をつかんだ。

　振り返ると、彼女の隣には九条拓の姿もあった。

「隼人の言ったことは気にしなくていいからね」

「ごめんね。嫌な気持ちになったよね？」

　彼女は今にも泣きそうな表情で私に訴えかける。

「でもね、私は本気で結愛ちゃんと友達になりたいと思っ
てるんだよ」

　私の腕をつかんでいる手はわずかに震えていて、彼女の
気持ちがひしひしと伝わってくるようだった。

「……わかった、友達になるよ」

「本当に!? 拓くん、やったあ!!」

　飛びはねるように喜んだあと、彼女は九条拓の胸に飛び
こむ。

　彼は優しく微笑んで、背中に手をまわした。

　このふたり、本当に付き合ってるんだ。

　決して疑っていたわけではないのだけど、それを目の当
たりにすると、妙に腑に落ちた。

「じゃあまたここにも来るよね？　遊べるよね？」

　それはどうかな。だって、成宮隼人は心底嫌そうだった
し、私もまたあんなことを言われるのはごめんだ。

「僕は歓迎するよ」

　九条拓は少しずり落ちたメガネを上げながら言う。

　だけど、私は否定も肯定もせず別れの言葉を告げた。

　――「さよなら」

III　結愛という名前

　この状況をひと言でいえば最悪、だ。

「高野さん、ここ教えて欲しいんだけど」「高野さん、ここ
わかる？」「高野さん、やっぱりすごい！」「あこがれの高
野さんに勉強を教えてもらえてうれしいよ」「ねえ、今度
うちで勉強しない？」

　ちょっとだまってくれ、と思ってしまう。

　なんて不運なんだろう。

　図書室でひとり、勉強をしようとしていたらクラスメイ
トの男子に捕まってしまった。

　どうしてもいっしょに勉強したいって、何度もしつこく
言うからしかたなく許したのに。

　真面目に勉強していたのは最初だけ。すぐに始まったの
はおしゃべり大会。

　ここ、図書室なんだけど？

「ごめん。私もう帰らなきゃ」

「え、もう？　門限があるの？」

「……そう。うち、門限厳しくて」

　とっさにうそをついた。門限なんてものはない。

　けれど、このままでは彼のおしゃべりで少しも勉強に集
中できない。

「そっか。女の子だもんね。送っていくよ」

「ううん、大丈夫。また明日ね」

　明日なんて話すかどうかわからないけれど。そう思いつつ、笑顔を作る。

　頬を赤く染めた彼を置いて、私は足早に図書室を去った。

　学校を出ると、静寂と今にも雨が降りだしそうなほどの黒い空が私を包む。

　早くも夏の気配がする。夏は嫌いだ。

　暑いし食欲は出ないし、虫が多い。

　時計を見ると午後6時。まだ帰りたくない。

　"あの人"とずっとふたりきりなんて地獄以外の何ものでもない。

　クーラーが効いていて勉強できる場所……図書館はもう閉館してるから、そうなるとファミレスか。

　カバンの中から小学校の頃から使っているボロい財布を取り出した。

　所持金は436円。

　ドリンクバーは頼める金額。

　私は財布をしまって歩きだした。

　この時期は日が落ちてもむし暑く、足がなかなか進まない。

　汗がじわりと額ににじむ。

　気持ち悪い。

　手の甲で汗をぬぐった。

　それでも次から次へと吹き出す汗。

　うっとうしい。

　　長袖のブラウスをヒジのあたりまでめくって歩きだした。

「……うそでしょ」
　　やっとファミレスに着いたと思ったら、ドアに臨時休業のお知らせの貼り紙がされていた。
　　年中無休のファミレスが、今日ピンポイントで休みだなんて。
　　しかたのないことだけど、勉強する気力も失せてしまう。
「あれ？　結愛ちゃん？」
　　背後から聞き覚えのあるソプラノの声が響く。振り返ると案の定、香川佳穂がいた。
　　こんなところで会うなんて偶然にもほどがある。
「香川さん、こんばんは」
「こんばんはー！　結愛ちゃんはここで何してるの？」
「ファミレスで勉強しようと思ってたんだけど……」
「もしかして、お休みだったの？」
「そうみたい」
　　これからどうしよう。行く当てもないので、途方に暮れる。
　　家に帰るしかないのだろうか……。
「じゃあ溜まり場に来なよ！」
「え？」
　　あそこは正直行きたくない。成宮隼人だって私が来ることを嫌がるはずだ。

　心の声が伝わったらしく、彼女は笑って言った。

「大丈夫だよ！　今日は３人で遊びに行くって言ってたから、あそこにはだれもいないよ！」

「本当？」

「うん！　静かだし、涼しいし、お金もかからないし、勉強するなら溜まり場がうってつけだって！」

　たしかに。今その条件がそろう場所なんてほかにない。

「来てよ。それで私に勉強教えて？」

　あんなに行きたくないと思っていたのに、３人がいないならいいかと、気持ちが揺らいでしまう。

「ダメ？」

　彼女がかわいらしく首をかしげて上目遣いする。

　きっと天然（てんねん）でやっているのだろう。

　それを見てため息を吐きそうになって、こらえた。

　彼女の中で私はまだ〝正義感あふれるいい人〟。

　そのイメージをヘタに壊して、幻滅されるのも癪（しゃく）だ。

「わかった。いいよ」

　私は口角を無理矢理あげて柔らかい声を放った。

　そうして、ふたたびやって来てしまった。

　二度と足を踏み入れるつもりのなかった、小さなかわいらしいお家。

　中に入れば、あのオシャレな空間が広がっているのだろう。

「早く入って！」

　香川佳穂がドアを開けて私を待っている。

　私は３人にないしょで溜まり場を使うことに少し罪悪感を覚えて、重い足取りで中に入った。

　玄関に入ると、クーラーで涼しくなっていた。

　どんだけ設定温度低くしてるんだ。

　こんなんだから地球温暖化が進むんだ。

　心の中で文句を言っていると、

「おー、佳穂」

　部屋の中から声が聞こえて思わず目を見張る。

　振り向いた３人も私に気づいておどろいている。

　なんで"三人組"がいるんだ？

「な、なんで!?　３人とも今日は遊んで帰るから、溜まり場には行かないって……」

　香川佳穂も動揺している様子で、だまされていたわけではないとわかる。

「それが、ちょっと都合が悪くなって予定変更したんだよ」

　なんて間が悪いんだ。

　香川佳穂は、申しわけなさそうに「ごめん」とジェスチャーで謝ってきた。

　成宮隼人はあいかわらず私をにらみつけている。

　本当にあからさますぎて笑っちゃう。

　あんたが私のことを嫌ってることは、このあいだ聞いたってば！

「それよりも、どうして高野さんがここに？」

「私が頼んだの！　勉強教えてほしいって」

「へえ、そっか。学年トップの高野さんに教えてもらえば、

僕らが教えるよりも成績上がるかもね」

　ウワサで聞くには、この３人も学力はそこそこあるはずだ。

「あなたたちが教えてあげればいいんじゃないですか？」

「僕らよりきっと高野さんのほうが、教え方がうまいよ」

　……そんな決めつけでまかされても。

「それに、僕らには仕事とかべつの勉強もあって、手いっぱいなんだよね」

「え？　べつの勉強？」

　香川佳穂が答える。

「あ、結愛ちゃんに言ってなかったね。拓くんは九条総合病院の跡取りで、湊くんと隼人くんは財閥の跡取り！だから学校の勉強だけじゃなくて、経営学なんかも学ばなきゃいけないんだって」

「まあ、簡単に言ってそんなとこ」

「……へえ」

「九条総合病院は全国でもトップレベルの大病院だし、逢坂家は代々続く大きな財閥で、成宮家も急拡大中の財閥なんだよ」

　私の関心がうすいことに気づいていないのか、彼女は説明を続ける。

　自分とはまるで別世界の話すぎて、私は耳を閉ざしてしまいたい気持ちになった。

　恵まれた環境で生きる彼らを妬ましく思った。

「佳穂の家も由緒正しい香川財閥でしょ？」

「みんなの家よりぜんぜん小さいけどね」

　九条拓の言葉に、香川佳穂は少し恥ずかしそうに言う。

「俺の家だってそんなすごいもんじゃねえよ」

　成宮隼人は先ほどよりも不機嫌になっている。

　どうやら家の話をするのが好きじゃないらしい。

　金髪がライトに照らされてキラキラと光っている。

　似合ってないなあ、とぼんやり考えた。

「この中だったら逢坂財閥が一番大きいよな」

「そうか？　そんな変わんないだろ」

　逢坂湊はそう言ってあくびをした。

「ってか俺らのこと、本当に知らなかったの？　けっこう有名な話だけど」

「だから知りませんでしたって」

　九条拓は信じられないという表情で私を見てくる。

　私は勉強にしか興味がなくて、友達すらいないんだからしかたないじゃないか。

「じゃあ結愛ちゃん、こっちー！」

　ダイニングルームと呼ばれるスペースに腕を引っ張られ、脚に装飾がほどこされた大きなテーブルの前に座らされる。

「どこがわからないの？」

「数学なんだけど、わからないところがわからないの」

　当の本人はへらりと笑っているが相当重症だ。

「……じゃあ、一学期の内容を全部順番にやろう」

　気が遠くなりそうだ。

「よかったー！　結愛ちゃん大好き、ありがとう！」

「べつにいいけど……」

　私は香川佳穂をじっと見つめた。

　彼女は頭の上にハテナを浮かべ口をぽかんと開ける。

　パッチリとした目、ぷっくりとした唇。

　かわいらしくて愛嬌のある顔立ち。

　私にはマネできない、ぱあっと花が咲いたような笑顔。

　愛されて育ってきたんだということが、すごく伝わって
くる。

　今さらうらやましいなんて感情は湧かないけれど、やっ
ぱりいっしょにいたくない。

　自分の存在がかすれていく。

「ねえ、やっぱり私のこと"結愛"って呼ぶの、やめてく
れない？」

「へっ!?　なんで？　私に呼ばれるの嫌？」

「そうじゃなくて……自分の名前が嫌いなの」

　今まで学校ではずっと"高野さん"って呼ばれていた。

　なぜなら私が名前で呼ぶことを、だれにも許さなかった
からだ。

　ユアちゃんユアちゃんユアちゃん……その言葉が呪縛と
なり、私を苦しめている。

「どうして嫌いなの？　"ユア"ってとってもステキな名前
じゃない」

　ステキ？

　どこが？

　うつむいていると佳穂が口を開いた。

「あのさ……"ユア"って、愛を結ぶって書くんでしょ？」

「そうだけど」

「私が思うに、愛って人と人を結ぶことができると思うんだ。それってとってもステキなことじゃない？」

「……意味がわからないんだけど」

「だからね、結愛ちゃんも愛で人を結ぶことができると思うの」

「そんなの、できないよ」

　だって、愛の存在なんて信じてない。

「できるよ。名前にはそういう不思議なチカラがあるんだから！」

「……ごめん。私、そういうの信じない」

「結愛ちゃんが信じなくても、私が信じてる！」

　この子には日本語が通じないなってつくづく思う。

　だけど少し、ほんの少しだけ彼女の言っていることがわかる気がして。

　でもそれが嫌で。

　私の見苦しいプライドが許さなくて。

　私は静かに首を振った。

「もーう。結愛ちゃんのわからずや！」

「あなたにそう言われる筋合いはない」

「そうだ！　結愛ちゃんも私のこと"カホ"って呼んでいいよ！　"香川さん"だなんて堅苦しいもん」

　苗字で呼んでいたのは私なりに境界線を引いていたつ

もりだったのだけど。
　彼女はその線を越えて、ズカズカと土足で踏みこんでくる。
「……気が向いたらね」
「えー！　今すぐ呼んでいいのに！」
「ここの問題から解いてみて」
「げ。ここ私が嫌いな単元だよ」
「なおさらよかったじゃない」
「うっ……」
　とりあえず今は勉強のことで頭をいっぱいにして、ほかのことは考えないようにしよう。
　なんにも考えたくない。
　さあ、勉強を始めよう。

　香川佳穂に教えるのは、意外にも楽しかった。
　彼女は本当に何もわかっていなかったけれど、一生懸命問題に取り組む様子に、好感が持てた。
　私たちが真剣に勉強しているのにつられたのか、気づけば"三人組"もいっしょに勉強をしていた。
　ときどき、九条拓や逢坂湊が質問しにくることがあったけど、成宮隼人はこちらの様子をうかがうだけで話しかけてはこなかった。
　そりゃそうだ。嫌っている相手から勉強を教わりたくはないのだろう。
「高野さん、ここわかる？」

「ああ、これは……」

　この人たちに教えるのはなんだかヘンな感じがする。

「本当に教えるの、うまいんだな」

　九条拓に教え終わると、逢坂湊にほめられて、ガラにもなくうろたえてしまう。こんなに素直に言われては、こちらが照れる。

「そうですか？」

　平静をよそおって自分の教科書に目線を移した。

「あ……」

　次の問題は、私がいつもつまずいている三角関数の応用問題だった。

「どうした？」

　シャープペンが止まっている私に逢坂湊が気づき、声をかけてくる。そして、私の教科書をのぞきこんできた。

　私の肩と彼の肩がぶつかる。

「ああ、これちょっと難しいよな。俺も最初なかなか解けなかった」

「…………」

　さっきまであれほど頭がいいだの、教え方がうまいだの言われていたぶん、解けない問題があることを知られて、少し恥ずかしい気持ちになった。

　そんな私をよそに逢坂湊は私のノートに綺麗な文字をスラスラと書いていく。

「これはこの公式を使って……」

　しかもすごくわかりやすい。

　学校の先生に何度聞いても、理解できた気がしなかった問題が頭にすんなりと入ってくる。

　教えるのがうまいのはどっちのほうだ。

　さっき逢坂湊に言われたことを思い出して、そんなひねくれたことを考えてしまう。

「──でここの値が出る。こんな感じだけど今の説明でわかった？」

「……まあ、」

　そっけない返事をしてしまったのは、自分ができなかったところを、こんなわかりやすく人に説明できるまで理解している逢坂湊に対して、悔しいという気持ちが芽生えたから。

　今の私、すごく感じ悪かっただろう。

「わかってもらえたならよかった」

　そう言って逢坂湊は再び自分の問題に取りかかる。

　ノートに視線を落とすと、丁寧に書かれた数式が目に入ってくる。

　こんなにしっかり教えてくれたのにお礼を言わないのは不誠実だと思った。

「……あの、……ありがとう、ございます」

　逢坂湊の腕をちょん、と指でつついてお礼を言った。

　少しぶっきらぼうになってしまったのは許してほしい。

　彼は少しかたまって、それから私の目を見て言う。

「困ったときはお互いさまだろ？」

　私はこうやって〝助け合って勉強する〟という空気感に

　なれていないから、照れくさくて仕方なかった。

　その日、そこから逢坂湊のほうを見れなかったのは、お
そらくそういう理由だ。

Ⅳ　私の母親

　すっかり遅くなってしまった。

　この時間はちょっと、まずいかもしれない。

　香川佳穂たちは「送らなくて大丈夫？」と心配そうにしていたけれど、そんなの気にせず帰ってきた。

　玄関にはピンクのレースと小花があしらわれたパンプスが一足綺麗に置いてあるだけ。

　その隣に自分が履いていたローファーを並べた。

　扉のガラス越しにリビングの電気がついているのを見て、吐息をこぼした。

　……まだ起きてる。

「ただいま」

　リビングの扉を開けて、ぜったいに返事がないことを知っていながらいつも通りの言葉をかけた。

　案の定、"ただいま"はひとりぼっちのまま。

「……遅いじゃない」

　ソファーの向こう側から、いつもより低い女性の声が聞こえる。

「うん。勉強してきたんだよ、お義母さん」

　私がそう言うと同時に、お義母さんは姿を現した。

　昼間には綺麗にセットしている髪がボサボサに乱れている。

　色白なこめかみには青筋が浮き出ていた。

「何してたのよ」

「勉強だってば」

「そんなわけないでしょう！　こんな遅くまで……っ、あんたのことだから、どうせ遊んでたんでしょ？」

「ちがっ──、」

　バシンッという音とともに頬に痛みが走り、やがてジンジンと熱を持つ。

「あんたが事件に巻きこまれでもしたら、私の責任になるのよ？」

「……っ」

「あんたのせいで、こっちに迷惑がかかることわかってんのっ？」

　右肩を強く押されてバランスをくずし、視界がかたむく。

　そのまま、ドンッと音を立てて倒れこんだ。

　フローリングで打ったヒザが痛い。

「わかってんのかって聞いてるの！」

　お義母さんは床に寝そべっている私の脇腹に、蹴りを入れる。

　何度も、何度も。

　言葉にもならない痛みに一瞬息が止まる。

　私はお腹をかばうようにうずくまった。

「お義母さん、ちがうの。ちがうんだよ」

「何がちがうのよっ！　言ってみなさいよ……高校生のぶんざいで！」

「私、遊んでないっ」

「うるさいっ！」

　もう何を言ってもお義母さんは聞く耳を持たない。

　私のことを信じていないから——。

　実のお母さんは私が小さいころに亡くなった。

　もともと病弱だったお母さんは、私を産んだあと入退院をくり返し、私が幼稚園に入る頃、遠い旅に出た。

　当時のことはあまり覚えていないが、父がひどくさみしそうだったことだけは脳裏に焼きついている。

　そんな父がある日、私に新しい"母親"を連れて来た。

　綺麗で、優しくて、料理が上手で、宿題を見てくれて。

　幼いながらに、父が"義母"のことを愛していることに気づいた私はふたりの結婚をよろこび、心から祝福した。

　そして、私にお義母さんとお義姉ちゃんができた。

　お義母さんは結婚しても変わらず優しい人だった。

　いつも笑顔で、家事ができて面倒見がよくて、休日にはクッキーを焼いてくれる、絵に書いたような"理想のお母さん"。

　誕生日とクリスマスには、私とお義姉ちゃんが好きなイチゴいっぱいのショートケーキを作ってくれた。

　本当のお母さんをほとんど覚えていない私に、母親という存在を教えてくれた。

　だけど、お義母さんはとつぜん変わってしまった。

『あんたさ、私があんたを好いてるとでも思ってんの？』

　今から約４年前、お義姉ちゃんが大学生になって家を出

て数日経ったときのことだった。

　この少し前からお父さんは、単身赴任でほぼ家にいない
状態。

　家には私とお義母さんのふたりっきり。

　嫌いな継子との生活。

　そんな日々に、お義母さんは耐えきれなくなったんだと
思う。

『あんた、表情なくて気持ち悪いのよ！』

『なんで愛想よくできないのっ』

『梨奈はもっと明るくて……、かわいかったのに！』

　梨奈……お義姉ちゃんは、美人でだれにでも優しくて、
活発でみんなに愛されていて。

　それに引き換え私は、暗くて友達も少ない。愛想を振り
まくタイプでもなかった。

　お義母さんはそんな私が嫌だったんだ。

　なのに私はそんなことまったく気づかなくて、……知ら
ずに義母のもとで何年も過ごしてきた。

　……バカみたい。

　お義母さんを本当の母親のように思っていた。

　お義母さんが大好きだった、のに。

　もうあの優しい笑顔が私に向けられることはない。

　それでも私は希望を捨てなかった。

　もし笑顔で接して愛想よくできたなら。

　もし友達がたくさんできたなら。

　もし成績が上がったら。

　もし人気者になれたなら。

　お義母さんはまた笑ってくれる？

　それから私は努力した。

　鏡の前で何時間も練習をして、だれにもバレないような自然な作り笑顔が完璧にできるようになった。

　うつむきがちだった顔は上げて、相手を見て話すようにした。

　髪の毛だって服だって気をつけて、お義母さんの恥にならないようにがんばった。

　けど、お義母さんは私に目もくれない。

　たまに笑顔を見るのは、お父さんかお義姉ちゃんが帰ってきた時だけ。

　ふたりっきりの時は、不機嫌な顔しか見たことがない。

　ついに私は、疲れきってしまった。

　好かれる努力をするのはエネルギーをとても消費する。

　お義母さんに好かれるなんて、最初から無理だったんだ。

　あきらめよう。

　あきらめるしか、ないんだ。

　それから私は、自分のためだけに努力をするようになった。

　たくさん勉強するのも自分のため。

　学校で優等生を演じるのも自分のため。

　ぜんぶぜんぶ、自分のため。

　自分がいい大学へ行って、いい職業について、たくさん
お給料をもらうため。

　そうすれば、お義母さんから離れることができる。

　私が出ていけば、家庭は平和になるはず。

　そのためだったら、どんな努力も惜しまない。

　私が好かれるためにしていたことをやめると、お義母さ
んの言葉はますますひどくなったし、手を上げられるよう
にもなった。

　この世にいらない存在だと、言われているみたいで、つ
らくて苦しくて。

　でもお父さんに話せば、きっとお父さんは悲しむからど
うしても言えなくて。

『あんたなんて、何で産んだのかしら！　実の母親もバカ
よね～』

『その憎たらしい顔、写真で見たあの女にそっくり……』

　お母さんを悪く言われた時は、さすがに耐えきれなかっ
た。

『お母さんをバカにしないで!!』

　お義母さんに、はじめて逆らった。

　だけど逆上したお義母さんは、そんな私を思いっきり蹴
り飛ばした。

　お母さん、私のせいでごめんね。ごめんね。

　心の中で謝るけど、当然返事はない。

　痛くて痛くて、心も体も痛くて。

　強く打たれたところは赤く腫れたし、痣になることも
しょっちゅうあった。

　けれど、私は泣かないと誓っていた。

　目頭が熱くなっても、まぶたに力を入れてぜったいに
涙をこぼさなかった。

　泣いたら負けだから——。

「バカが、好き勝手に遊び歩いてんじゃないよ！」

「……ごめんなさい」

　私は謝ることしかできなかった。

　今の自分は無力すぎる。

　そのせいで、まるで遊んできたことを認めたみたいに
なってしまった。

「ほら、やっぱり！　あんたはそういう女なのね。産んだ
母親に似たんだわ」

　またお母さんを悪く言う。

「せいぜい私に迷惑がかからないようにしなさい。万が一、
私の顔に泥でも塗ったら承知しないからね」

「ごめんなさい」

　お義母さんは舌打ちをして、私をもう一度蹴りとばすと
寝室に戻っていった。

　部屋に静寂が訪れた。まだ立ち上がれない。

「……痛い」

　不思議と体の痛みはあまり感じない。

　でも、胸は刃物でえぐられたように痛んだ。

苦しいよ。痛いよ。

だれか助けて。

フローリングの冷たさを感じながら、宙（ちゅう）を見る。

ああ、本当にからっぽだ。

私には、何にもない。

助けて、なんて……助けてくれる人さえいないのに。バカだなあ、私。

自分の愚鈍（ぐどん）さにあきれて、うっすら浮かんだ涙も引っこんでしまった。

悲劇（ひげき）のヒロインぶるのもいいかげんにしろ。

だいじょうぶ。これくらいどうってことない。

世の中にはもっとひどい目に遭（あ）っている人がいるし、私だってもっとつらい日はあった。

蹴られたぐらいじゃ、何とも思わない。

これくらい、慣れっこだ。

いちおう帰る家だってあるし、ごはんもある。寝れるところもある。

それに勉強だって、たくさんさせてもらえている。

なんだ、十分じゃない。

それに、いつもやられているわけじゃない。

たまに、お義母さんの機嫌が悪い時に手を上げられるだけ。

私はまだ幸運なほうだ。

大学生になるまで……あと少しの辛抱（しんぼう）だから。

私ががまんすれば、だれも傷つくことはない。

だいじょうぶ。

まだがんばれる。

私はゆっくりと立ち上がった。

右の足首が痛むけど、歩けないほどじゃない。

湿布でも貼っておけば数日で治るだろう。

鏡を見れば、たたかれた頬は少し赤く、まだ熱を持っている。

冷やさなきゃ。

明日までに治さなければ大変だ。

教師はやけにそういうところに敏感だから。

あとは、ウワサ好きの女子たちも要注意。

「……はあ。また長袖、か」

学校のみんなは半袖のブラウスに衣替えしているにもかかわらず、私はいつも長袖を着ている。

理由はただひとつ。

ケガしたところを見られたくないからだ。

学校の人たちは日焼けが嫌なのだろうとか、勝手に想像しているらしいが、そんなことはまったくない。

他人に見られたくないのは、同情されたくないから。

かわいそうだとか。

気の毒だとか。

痛々しいだとか。

そんな風に言われると思うと虫唾が走る。

そうやって哀れまれるのがいちばん嫌だ。

　そんなの私のプライドが許さない。

　私はそんなに弱くないから。

　ひとりで生きていけるから。

　必死に隠して、明日も私は“完璧な高野さん”を演じる
んだ。

第 2 章

V　優しさに触れて

翌日。私はまた彼らの溜まり場に来ていた。

もちろん遊びに来たのではない。香川佳穂に勉強を教えるためだ。

昨日あんなことがあって家に帰りたくなかったから、こちらとしても都合がよかった。

「ゆーあちゃん！　勉強の前にケーキ食べよ！」

「……ケーキ？」

「甘いもの、嫌い？」

「いや、別にそういうわけじゃないけど」

「じゃあ食べようよ！　勉強するには糖分が必要なんだよ！」

私の腕をグイグイ引っ張り、テーブルに座らせた香川佳穂は、高級菓子店の箱から、いかにも高そうなカットケーキをふたつ取り出した。

「ふたつだけなの？」

私と彼女の分しかない。"三人組"を差し置いて、私が食べてしまっていいのだろうか。

「あの人たちは甘いものが好きじゃないんだよー。だからお菓子もいつもひとりで食べてたんだ」

少し離れたところにあるソファーでくつろいでいる3人に目を向ければ、九条拓と目が合う。

「ケーキは女の子たちで食べてね」

「ほらね？　結愛ちゃんはイチゴのショートケーキか、マンゴームースのケーキ、どっちがいーい？」

「……イチゴ、かな」

「了解！　はい、どうぞー！」

　彼女は私に満面の笑みを浮かべてイチゴのショートケーキを私に差し出す。

「……ありがとう」

「いーえ。ショートケーキ、おいしいよね！　私も好きなんだ」

「え？　なら私がそっちのマンゴーでいいけど……」

「いいのいいの！　私が結愛ちゃんに好きなほうを食べてほしいんだから！　それにさ、マンゴームースも好きなんだよね！」

　本当は、イチゴのショートケーキが食べたそうなのに……。

　他人に譲るなんて、ヘンな人。

　キラキラと光る大粒のイチゴがのっかったケーキをじいっと見てみる。

　ケーキなんて食べるの、何年ぶりだろう。

「ほらほら、早く食べてみて！　ここのケーキ、すっごくおいしいんだよ！」

　彼女はフォークをぶんぶんと振って訴えてくる。

　そんなに振り回したら、危ないってば。

「……いただきます」

　フォークを刺して、ぱくりと口に含んだ。

　ああ……。すごくおいしい。

　ふわふわのスポンジと甘すぎないクリーム、口中にいい香りが広がって……。それでいてどこかなつかしい味。

　香川佳穂が興奮している理由もよくわかる。

「おいしい、ね」

「でしょ！　お口に合ったみたいでよかった〜」

　目を細めてうれしそうに話す彼女は、うそをついているようには見えない。

「ケーキ気に入ってくれたなら、毎日食べに来る？」

「太るよ」

「うっ。まあ、そうだよね〜」

「それに……。私、毎日は来れないし」

「えっ！　なんで？」

「だって自分の勉強もしたいし……」

　香川佳穂に勉強を教えるのは復習になるけど、それだけじゃ足りないところがある。

「そんなに頭が良いのに、さらに勉強するんだね」

「将来がもう決まっているから」

　塾に通っていない私は、学校の模試以外で自分の実力を測ることができないから、常にあせるし必死だ。

「ふうん。……じゃあ、次もまたおやつ用意しとくね！」

「しなくていいよ」

　未来は何が起こるのかわからないものだ。

　私の気が向かないかもしれないし、"三人組"から出禁を食らうかもしれない。

　だから私は約束なんてめったにしない。

「ぜったいに来てね。約束！」

　なのに香川佳穂は、嫌がらせかと思うぐらい私を振り回す。

「……わかった」

　私はかすかに口角を上げ、作り笑顔を見せた。

　すると彼女は眉を下げて、らしくない大人しい笑顔を返した。

　それから、昨日の続きの勉強に取りかかる。

　香川佳穂はおそらく、地頭がいい。私が教えたことをスポンジのように吸いこんでいく。

　とにかく飲みこみが早かった。

「ねえ、なんで今まで勉強してこなかったの？」

「うーん、授業に出るのがめんどくさかったから？」

　まったくバカげている。

「でも、結愛ちゃんの授業はわかりやすいし、これだったら毎日ちゃんと受けるのに」

「……授業なんてほどのものじゃないよ」

　やっぱり、私はここが好きじゃない。

　成宮隼人にはいい顔をされないし、住む世界のちがいを嫌でも思い知らされる。

　それに、香川佳穂と話していると調子が狂うから。

　正直、この子の前で"優等生"という仮面をかぶっていることに疲れる。

　ふう、と息を吐いて目を閉じる。

　昨日のことがあって、夜あまり眠れず睡眠不足だった私は、ケーキを食べてお腹が満たされたためか、そのまま居眠りをしてしまった。

「——あ、結愛ちゃん起きた」

　体にはだれかがかけてくれたのだろう、ブランケットがある。時計を見ると6時を過ぎていた。

　一時間ほど眠ってしまっていたようだ。

「もうこんな時間。私、そろそろ帰るね」

「え!?　まだこの前より早いのに」

「ちょっと、ね……」

　さすがに2日連続でお義母さんを怒らせるわけにはいかない。

　言葉をにごす私に、何かを察したのか察してないのか、彼女はニッと笑った。

「じゃあね」

「あ、待って!　危ないからだれかに送ってもらおう?」

　腕をぐいっと引っ張られて少しよろめいた。

　私がそんなひ弱いとでも思われているのだろうか。

　まあ、本気で心配してくれているんだろうけど、「ひとりでだいじょうぶ」と帰り支度をした。

「九条さん。私、帰りますね」

　あいさつだけのつもりで、メガネのレンズを拭いていた九条拓に声をかけた。

「え?　ああ、高野さん帰るの?　おい、隼人。お前送ってって」

「は？　なんで俺なんだよ」

　成宮隼人は相変わらず露骨にイヤな顔をして、私に鋭い視線を向けている。

　だから送ってもらわなくていいと言っているのに。

「隼人、俺が行く」

「は？」

「え？」

　急にそんなことを言い出したのは、逢坂湊だ。

「湊が？」

「ああ。ちょっと寄りたいところがあるから、ついでに」

「そうなんだ。じゃあ、頼む」

　彼がそんなことを言いだすのがよほどめずらしいのか、みんなおどろいている様子だ。

　私もいきなりふたりきりなんて、ちょっと気まずい。

　家を出て、そのまま無言でしばらく歩いた。

　彼の顔をぬすみ見る。

　艶やかな黒い髪に、きめ細やかな肌、ビードロのように透き通った目。

　見れば見るほどパーツが整っていて、綺麗な顔立ちだと思う。

「なに？」

「……いえ。逢坂さん、もうここでいいですよ。寄るところがあるんですよね？」

「あー、それはうそだから。気にしなくていい」

　うそ？　何のために？

　理解不能だ。

「それより、どうしたんだよ？」

「はい？」

「右足をかばってるだろ」

「……え」

　一瞬、思考が停止した。

　まさかバレているとは思っていなかった。

「何、言ってるんですか。そんなわけないでしょう」

「痛いのか？」

「痛くないです」

「なんか、あったんだろ？」

「ちょっと、……ころんで足をくじいたんです」

「ふうん」

　彼は私を見ず、ずっとまっすぐ前を向いて話している。

　何を考えてるんだか、よくわからない人だなあ。

「あ、昨日の帰り道でからまれたとか、そういうのじゃな
いですからね。本当にころんだだけです」

「…………」

　溜まり場に連れてきたことに責任を感じているんじゃな
いかと思って、いちおう訂正を入れておいたが無言のまま。

　とくに責任を感じているんじゃなかったら、どうして
送ってくれたのか。どうして足のことを聞いてきたのか。
本当にわからない。

　無言が数秒間続いて、その後——。

「きゃあっ！」

　いきなり浮遊したかと思えば、近くにあった公園のベンチまで運ばれる。逢坂湊に抱き上げられていると理解するまでに時間はかからなかった。

　俗に"お姫さま抱っこ"というやつだ。

「ちょ、ちょっと！　何してるんですか！」

　湊は返事もせず、ゆっくりとベンチに私を下ろす。

「右足、見るぞ」

「えっ」

　私は了承していないのに、あっという間にローファーと靴下を脱がされてしまった。

　打撲の痕は少し腫れている程度でほとんど目立っていない。ふだん人に見られることのない部位を凝視されるのは顔から火が出る思いだった。

　まだ少し熱をもった右足首に、湊のひんやりとした指が触れる。

「……つらかったら、」

「え？」

「つらかったら俺のところに来い」

「は？」

　まったく、何を言い出すんだこの人。

　行くわけないのに。

「つらいことなんてないです」

「……そうか」

「はい」

「それでも、話したい時が来るかもしれないだろ」

話したい時……。

そんな日、来るのかな。

弱い自分なんて人に見せたくない。

私というイメージを壊したくない。

そんな簡単に"話す"というのはできることじゃない。

それも住む世界がちがう、この人に。

案外、この人も脳内が幸せな人なのかな、と思った。

　人のつらさや苦しみを分かち合うって、なかなかできることじゃないと思う。

　ただでさえ、自分の荷物を持つだけでもせいいっぱいなはずなのに、他人の荷物まで背負える強さ。

　そんなものを持ち合わせている人なんて、本当にいるとは思えない。

「逢坂さん、ありがとうございます。気持ちだけ受け取っておきます」

「そうか」

　そして逢坂湊は私の目を見て笑った。

　口元が優しく弧を描く。

　彼の瞳の中に夜空の星がキラキラとまたたいた。

　私たちを包むように湿気を帯びたぬるい風が吹く。

　私はその笑顔に、金縛りのように動けなくなって、しばらくの間時が止まったように感じた。

　笑顔、はじめて見た。

「どうした？」

　目を見開いてかたまる私を、きょとんと不思議そうにす

る逢坂湊。

　その姿までもが、とてもサマになっている。

「……え、あ、なんでもないです」

　なぜかとてつもなくおどろいて、どうしようもなくおどろいて。

　あれ？　これってなんて言うんだっけ。

　——今の私にはまだ思い出せない。

VI　御曹司の苦悩

　朝から女子たちが騒がしいなと思っていたら、"三人組"がそろって登校しているらしい。

　昼休みになると、校庭にいる"三人組"をひと目見ようと、窓ぎわに女子たちが集まる。

「やっぱりイケメンだよねー」

「"三人組"を見れたからもう今日は一日幸せ！」

「目の保養……！」

　全員うっとりとしている。

　はあ。

　できれば、学校にいる間はあの人たちとは関わりたくない。

　私は好奇の目にさらされるのは好きじゃない。

　これは小中学校の頃——性格が暗いと言われたころから、ずっとそう。

　今はがんばって、優等生キャラを作っているけど、実際はけっこうしんどい。

　学校での評価を高めるためとはいえ、約２年とちょっと、我ながらよくここまで演じ続けることができたなって思う。

　私も少し気になって、そっと窓の外を見てみると、校庭を歩いている３人の姿があった。

　じっと逢坂湊を見つめていると、視線を感じたのか不意

にこちらを向いてきて、目が合いそうになったので、あわ
てて目をそらす。
「きゃー！　湊様がこっちを見たわよ！」
　女子たちの歓声がいっせいに響いた。
　……危なかった。心臓がバクバクしている。
　長い吐息をひとつ、だれにも気づかれないようにこぼし
た。
「高野さーん！　お弁当いっしょに食べようよ！」
「うん」
　今日も私を呼んだグループに机をくっつけて、もくもく
とごはんを食べる。
　この子たちと話すのは、本当にお弁当を食べる時だけ。
　なぜいつも女子たちが誘ってくるのかは謎だ。
　私のぼっち飯が見苦しいのか、それとも先生に気に入ら
れている私と親しくしたいのか、はたまた単純に私と仲よ
くなりたいのか。
　どれでもいい。
　申しわけないけど、私は必要以上に仲よくなるつもりは
ない。
　でも、いっしょにお弁当を食べると情報収集ができるか
ら、それは助かってるかな。
「ごちそうさま」
　すみやかに食べ終えた私は、静かにお弁当箱のふたを閉
じた。
「ねえ、高野さん！　私たち今から湊様たちを見に行こう

と思ってるんだけど、高野さんもどう？」

「……ごめん。私は図書室に行くから」

「そっか、わかった」

　みんなの誘いを断ることに、今日は少し後ろめたさがあった。

　その理由は自分でもわからないけど……。

　教室を抜け、図書室への廊下を歩く。

　やはり昼休みの廊下は騒がしい。

　そういえば、はじめて"三人組"を見たのもこんな昼休みだった。

　また会ったら嫌だなあ。

　私はわざわざ遠回りをして、ひとけの少ない廊下から図書室に行くことにした。

　——ガラッ。

　図書室の扉を開けて中を見渡せば、だれもいなかった。

　私は迷わず奥へと進んで、本棚の陰に隠れる特等席を確保した。

　そして、教科書と参考書を机に広げる。

　………静か、だな。

　最近はあの溜まり場で勉強していたから、こんなに静かな場所でノートを開くのは違和感がある。

　教科書に目を移して、応用問題に取りかかった。

　それを３分も経たないうちに解き終える。

「次の問題は……数列か」

その時、ドアのほうから足音がした。

「あっ、結愛ちゃん!!　やっぱりここにいた!」

　足音が止まったかと思えば、もうすっかり見慣れた笑顔がそこにあった。

「香川さん、なんでここに!?」

「もう、さがしてたんだよっ!」

　彼女は頬をぷくりとふくらませて、見るからに"怒っている"表情をした。

　そんな顔は自分をかわいいと思っている人しかできないと思うのだが、彼女の場合は天然でやっているから、恐ろしい。

「あのね!　今日の放課後、溜まり場に来てって拓くんに言われたんだけどね、結愛ちゃんもいっしょについてきてくれないかな?」

「なんで?」

　"三人組"と香川佳穂が溜まり場にいるのはよくあることだ。私のことは強引に連行するのに、今日は事前に断りを入れるなんて。

　特別に私が必要だという理由があるというのか?

「じつは、みんななんかピリピリしてるんだよね」

　彼女が言うには、いつものようにお昼ごはんは3人といっしょに食べたのだけれど、今日は空気が悪くて早々に抜けてきたという。

「だから、結愛ちゃんがいたら心強いなって」

「…………」

　そんな空気の中、私が行って逆効果にならないだろうか。
「……来てくれるよね？」
　すがるような目で私を見てくる香川佳穂。
「……わかった」
　つくづく私は彼女に弱いみたいだ。
　放課後、昇降口で合流した私は彼女に腕を引っ張られながら溜まり場に向かった。

「たーくくん！　ただいまぁ」
「佳穂、おかえり。高野さんもいらっしゃい」
「おじゃまします」
　「いらっしゃい」なんて言うものの、ここは４人が住んでる家じゃない。毎回このあいさつをしている彼らは、私から見ればなんだかヘンな感じだ。
「……何でお前までいるんだよ……っ！」
　成宮隼人が私のことを嫌っているのは重々承知しているが、今日はとくに機嫌が悪いようで、いつもより荒れている。
　香川佳穂が"ピリピリしてる"って言っていたのはこのことか。
　いら立っているのは成宮隼人だけみたいだけど。
　チラッと逢坂湊に視線を向けてみれば、目が合ってしまってドキリと心臓がはねた。
「で、拓くん。急に呼んだりして、どうしたの？」
「うん、隼人が予想以上にイライラしてるからさ。今日は

話を聞いてやろうと思って」

　九条拓が、私と香川佳穂もソファーに座るよう促す。

「隼人くん、まだ怒ってるの？」

「……怒ってるよ」

「あの、何かあったんですか？」

「部外者が首突っこむなよ！　興味もねえくせに」

「ちょっと！　結愛ちゃんは私の友達なんだよ？　そんなこと言わないでよっ」

　興味ないっていうのは心外だ。めずらしくちょっとだけ、気になってたのに。

「隼人は後継者になりたくないんだよ」

「おい！　拓っ！」

「どうせ高野さんもいつか知ることになるだろ？」

「……関係ねえやつに俺は話したくねえ」

「なら、僕から話す」

「……チッ。やめろ、俺から……自分で話す」

　成宮隼人は私に向き合うと、そのブラウンの瞳孔で私の目をじっと見つめた。

　そして、ふいっとそらす。

「俺は、親父の会社を継ぎたくないんだよ」

「あなたって跡取りなんじゃ……」

「ちげえよ。俺んちの会社は親父が一代で立ち上げたんだ。湊の家みたいに代々受け継がれてきたとかじゃない」

「隼人はただ、お父さんを手伝うだけのつもりだったんだよね」

「なのに、急に会社を継がないか、とか言いだしやがって……」

　そういうこと、か。

　跡継ぎ問題ってもめそうだしね。

「……ご両親は、あなたの居場所を作ってくれてるんじゃないですか？」

「べつに頼んでねえし」

「隼人は何か他にやりたいことあんのか？」

　逢坂湊が聞くと、成宮隼人は言いよどみながら答える。

「べ、べつにとくに決まったもんはねえけど……」

　なんだ、自分にやりたいことがあるわけでもなく、ただレールが敷かれていることに反発しているだけか。

「跡を継ぐっていうのも、強要されてるわけではないんでしょう？」

「…………」

「なら、いいじゃないですか」

　後継者に選ばれるということは、彼が会社にとって必要な人材だと認められたということ。

　家族の一員であることを認められているということ。

　……私には、無いもの。

「俺はっ、親に将来を決められたくねぇの！　お前みたいに何でもできるような……自由なやつがうらやましくてしかたねえよ」

「……私が自由？」

「そうだろ？　ま、お前には俺の気持ちなんてわかんない

だろうな」

　成宮隼人はそう言ってフンッと鼻で笑う。

「何、それ……」

　———プツン。

　その瞬間、私の中で何かが切れる音がした。

「何それっ！　不幸自慢？　世の中にはあんたなんかより、ずっとつらくて苦しい思いをしてる人がいるっていうのに」

　私の豹変ぶりに成宮隼人は目を見開き、ほかの3人もあぜんとしているのがわかった。

　でも、私は言葉を止められなかった。

「ご両親は、あんたの将来の可能性を広げてくれたってことでしょ。そんなことにも気づけないなんて、予想以上にバカだったのね」

「……は？　意味、わかんねえんだけど」

「……最後にこれだけ言っておく」

「…………」

「私はあんたみたいなやつが大っ嫌いっ!!」

　言い切った……。言い切ってしまった。

　"三人組"は黙りこみ、ただ私をぼうぜんと見ている。

　バイバイ、私の"優等生"という仮面。

「……失礼します。さようなら」

「ゆ、結愛ちゃん！　ちょっと待って！」

　私を引き留めようとする香川佳穂の声も無視する。

　最後に私は大きな音を立てて扉を閉めた。

あーあ。終わっちゃった。

とはいえ、これっぽっちも後悔していない。

最初から私の印象は悪かったと思うから、今回のことでもう、あの人たちと関わることはないだろう。

「ふっ……あははっ……」

私の口から乾いた笑い声がもれた。

怒りとか、思っていたことを言えてよかったと思う気持ちとか、……彼らと過ごした日々を思い出した時の胸の痛みとか、いろいろな感情が混ざって、心の中はもうぐちゃぐちゃ。

気づくと、いつの間にか家に着いていた。

玄関を開けるとお義母さんは出かけていて、顔を合わずに済んだ。

そういえば、今日はお義姉ちゃんに会いにいくって言ってたっけ?

私にはコンビニで夜ごはんを買うように言っていたのを思い出す。

そんなことはすっかり忘れていたので、当然何も買っていない。

もう何もかもどうでもよくなって、自分のベッドに飛びこんだのだった。

VII　本当の自分

　私の本当の顔があの4人にバレてしまってから、2日が
経った。

　彼らの影響力で、全校に知れ渡ってしまうのではないか
と内心おだやかではなかったが、そんなことは起こらな
かった。

　彼らにも、バラさないくらいの人並みの良心<ruby>りょうしん</ruby>はあった
のかもしれない。

　香川佳穂も私のところに来ることはなくなった。

　彼女が見ていた私はニセモノだったんだから、幻滅され
ていても無理はない。それを少しさみしく思う自分には、
気づかないふりをした。

　彼らとの関わりがなくなったことで、こまったことは何
ひとつなかった。ないはずだ。

　だって今まで生きてきた17年とちょっとの中で、彼らと
過ごした時間はとてもとても短いものだから。

　数週間前の自分に戻っただけ。

　今もこうして彼らのことを考えてしまうけれど、あんな
に密度の濃い時間を過ごしたんだから、多少はしかたがな
いだろう。

　もうしばらくしたら、おたがい完全に忘れるはずだ。

　放課後、図書館で勉強しようかと考えつつ、必要な教科
書類だけカバンに詰める。

「高野さん、バイバイ」

「さよなら」

　クラスメイトに声をかけられた私は完璧な笑顔を浮かべ、返事をする。

　するとその子はうれしそうに笑って去っていく。

　自分の言葉に気持ちがなかっただけに、複雑な気持ちになった。

　その時。

「高野結愛」

　席を立った私の耳に、透き通った声がすうっと入ってきた。逢坂湊だった。

　名前を呼ばれたのは、はじめて。

　自分でもよくわからないけど、彼の声で触れられると、自分の名前が綺麗なものだと錯覚してしまいそうになった。

　教室に残っていたのは私だけ。

　つまり、彼とふたりっきり。

　今この空間が、やけに静かな気がした。

　たった2日なのに、なぜかとても久しぶりに会った感覚だ。

　仲間にひどいことを言った私に対して、怒っているんじゃないかと、おそるおそる逢坂湊の顔を見ると、予想に反して彼の表情はおだやかだった。

　本当の私を知ったというのに、彼の態度が変わっていないことにひそかに安堵する。

「よかった、まだ帰ってなくて」

「何か用ですか？」

　淡々とした私の声が教室に響く。

「俺についてきて」

　顔を近づけ、私の目をとらえてそう言うと、自然な動きで私の手を取って歩きだす彼。

　いそいでカバンを持ち、あとに続くけど、逢坂湊はまったく後ろを気にする様子もなく先を歩いていく。

　ドキドキと脈打つのが、繋がれた手から伝わってしまうのではないかと、意識してしまう。

　そんな私と反対に、逢坂湊は手を繋ぐのも当たり前のことのように、何も意識していないみたいだった。

「足、よくなったみたいだな」

「……え？　ああ、はい。ご心配おかけしました」

「いや、大丈夫ならいい」

　無関心かと思えば、他人のことをしっかり見ている。

　どこまでも不思議な人だ。

　それからは無言のまま歩き続け、連れられて来たのは、あの溜まり場の前。

「……帰っていいですか？」

「ダメ」

　さっきまで私の顔なんて見なかったくせに、こういう時だけ目を合わせられると、反論なんて出てこなくなってしまう。

　ここには二度と来ないはずだった。

　成宮隼人とはもう会いたくないし。

　素顔をさらけ出してしまった今、みんなと会うのは気ま

ずいし。

　けれど。

　私は、腹をくくって、溜まり場の中に入った。

　——コトン。私の目の前に紅茶が置かれた。

　そして正面には、私をじっと見つめる成宮隼人。

　金色だった髪の毛は黒褐色に染められていた。

　なぜ、こんなことになっているんだ。だれか教えて。

「今日は何の用なんですか？」

　先ほど、逢坂湊にたずねたことを成宮隼人にも質問した。

　すると彼は、私から目をそらすようにうつむいた。

「え、本当になんなの？」

「ま、まあまあ、結愛ちゃん。紅茶でも飲みなよ」

　香川佳穂はなだめるように言う。

　逢坂湊と九条拓は少し離れたところで、こちらの様子を

見守っていた。

「ありがとう、香川さん」

　私は彼女が淹れてくれた紅茶を一口飲んだ。

　すごい。ペットボトルで売ってるやつとは風味がぜんぜ

んちがう。

　たぶん高級茶葉を使ってるんだと思う。

「で？　本当に何？」

　しかし、おいしい紅茶を飲んだところで私の声のトーン

は変わらない。

　これが私の通常運転、本来の姿だから。

「……お前、やっぱり猫被ってたんだな」

　ああ、そうですが？　被ってましたが？　キャラ作って
ましたが？

　それの何が悪いですか？

「だから何？　そんなこと確認するために呼んだわけ？」

「なんで猫被ってたのか、理由を教えろ」

「は？」

「あんたがどういう考えの持ち主か、知りたいんだよ」

「……理由は、いい大学に進学していい将来を手に入れる
ため。学校では"いい子"のほうが波風立てずに物事が進
むでしょ？　それだけのこと」

　それに、"いい子"にしていれば、義母にも怒られずに
済む。

　お父さんにも心配をかけなくて済むし、家庭を守るため
には"いい子"でいるほうが都合がいい。

「へえ」

　聞いておいて、へえ、だって？

　興味がないんだったら最初から聞くな。

「わかったなら、帰らせてもらうから」

「待てって」

　成宮隼人が私の腕をつかみ、引き止める。

「まだ何か？」

　いらいらした感情でうめつくされそうになる。

　私っていつからこんな短気になったんだろう。

　前はもっとうまくかわせたはず。

　どうしてこの人たちを相手に、ムキになってしまうのか？

　次はどんなことを言われるんだと身がまえたが、彼の口から出たのは意外な言葉だった。

「俺さ、この前言ったこと、悪かったと思ってるよ」

「……え」

「お前の言ってること、……正直、図星だった。……俺は自分を正当化してるだけで、将来から逃げてた」

「…………」

　謝られるとは思ってもみなかったので、かたまってしまった。

　この人は自分に素直になれる人なんだと、１ミリだけ見直した。

「そう……」

「お前のことも、佳穂を使って俺らに近づいてるんだと思ってた。よくいるんだよ、そういうやつ」

「そんなバカみたいな人といっしょにされたくない」

「ごめん。……俺が最初に会った日に言ったことも、取り消すから」

　それって、私のことが嫌いってやつ？

　律儀に取り消してもらわなくてもいいのに、なんてちょっと笑みがこぼれそうになる。

「だからさ、結愛。これからもここに来ていいぜ」

「……はい？」

「しかたがないから友達にもなってやる」

　すみません。私の聞きまちがいだったらいいのですが。

　私のことユアって呼んだ上に、友達になってもいいって、上から目線で言われた？

「もう！　隼人くんったら素直じゃないっ！　ちゃんと来てほしいって言いなよ!!」

「べ、別に俺はそこまで思ってねえしっ！」

　耳を真っ赤にさせて反論する後ろ姿を見つめながら、とんでもない人たちと関わってしまったな、と考える。

　でも、後悔という言葉が浮かばないのが不思議だ。

「ねえ！」

　大きな声でそう言えば、成宮が振り返った。

「金髪よりさ、そっちの色のほうが似合ってるよ。私は黒いほうが好き」

　あんたが少し自分に素直になったから、私も少し素直になってみる。

　すると、彼はこれでもかってくらい顔を紅潮させ、そっぽを向いた。

　自分に投げられた言葉に照れてる？

　なんかちょっと、おもしろいかも。

　ふと頭に重みを感じて、ななめ上に視線を上げれば、逢坂湊が私の頭に手をのせていた。

「結愛」

「何ですか？」

　じっと見つめられて、わずかながら心拍数が上がる。
「……何でもない」
　何だそれ。
　逢坂湊は何ごともなかったようにソファーに腰かけ、雑誌を開く。
　さっきの、何だったの……。気になるじゃないか。
　胸の中に言葉にできない寂寥が広がった。
　息詰まるようなこの感覚。
　苦しいのに嫌いになれない。
　──私って、ちょっとオカシイのかも。

VIII　本当の友達

　朝から憂鬱だった。

　集中して勉強をしていたら、気づいた時にはとっくに日付が変わっていて、布団に入るのが遅くなってしまい、めずらしく寝ぼうしてしまった。

　一限目には十分間に合う時間だったけど、お弁当を作る時間がなかったから、購買で何かを買わなくてはならなくなった。

　所持金を確認すると昼食を買える金額は持ってなくて、お義母さんにもらおうと声をかけると、さんざん嫌味を言われた。

　寝ぼうしてしまったのは自分が悪いし、昼食代をもらえるだけ幸せだったが、朝からねちねち言われるのは気持ちのいいものじゃない。

　昼休み。私はおにぎりが入っているビニール袋をぶら下げて廊下を歩く。

　教室にもどるのもだるいし、空き教室でも見つけて食べようかと思っていた。

　だけど。

「あんた、まだわかんないの？　おととい忠告したよね？」

　またか。

「ホント、学習しないよね〜。カーホちゃん」

　人通りが少ない校舎裏、彼女のまわりには５人の女子が

群がっている。

「ねえ、なんであんたなんかが、湊様たちといっしょにいられるの？」

「……な、なんでって……」

「答えてみなさいよっ！」

　真ん中のリーダーとも思える女子は、大きな声を張り上げると、香川佳穂の肩を思いっきり押した。

　それに続いてそのほかの子も殴ったり、蹴ったりする。

　香川佳穂は声も上げることなく、ただただ唇をかんでされるがままだ。

　何やってんの！

「ちょっとそこの人たち！」

　考えるより先に声が出ていた。

「結愛ちゃん、助けてっ！」

「はっ？　ユアちゃん!?」

　あーあ、私と香川佳穂が知り合いだってバレちゃった。

　まあべつにいいけど。

　香川佳穂を囲んでいた人たちは、前回とはちがう面子だった。

　怒りに満ちた表情で私をにらみつけてくる。

「あなたたち、こんなところで何してたの？」

「は？　あんたに関係ないでしょ？」

「てか、あんたって"高嶺の花"の高野さんでしょ？　こいつの知り合いなの？　まさか友達？」

「え、まじ〜？　あの高野さんがこんなやつと？」

「ちょ、まって。冗談キツイし〜！」

　そう言ってゲラゲラと笑いだす女たち。

　私は完璧な笑顔を浮かべる。

「あなたたちこそ、小動物に群がるハイエナみたい……。その顔、あなたたちが大好きな"湊様"たちに見てもらえば？」

　すばやくスマホのカメラアプリを起動させて、全員を連写した。

「な、何やってるのよ！」

　真ん中の子が顔を真っ赤にさせて飛びかかってきた。

「消せ!!　消しなさいよ!!」

「なら、」

　私は強く告げる。

「二度とこんなことしないで。目障りだから」

　スマホを奪おうとした女は唇をかみしめた。その仲間たちもうつむいて顔をゆがめる。

「……この写真は消してあげる。脅しなんてイヤだから」

「えっ」

　私は香川佳穂のか細い手首をつかみ、もう一度女たちを見た。

「でもカンちがいしないで。次やったらぜったいに容赦しないから」

　そして、香川佳穂の手首をつかんで引っ張るようにして歩く。

　振り向きざまに、女子たちの悔しそうな顔が目に入った。

「ゆ、結愛ちゃん！　助けてくれてありがと！」

　ずんずん歩いているうちに、たどり着いたのは屋上。

「目に入ったんだから、しかたないでしょ？」

「えへへ、ありがとう」

　香川佳穂ははにかみながら、もう一度私にお礼を言う。

　なんでそんなにうれしそうなのか、わからない。

　香川佳穂もお弁当を手にしていたから、ふたりでここで食べることにした。

　彼女はふふっと笑ってお弁当を開き、飾り切りされたにんじんを口の中に放りこんだ。

　私も購買で買ったおにぎりの包みを開いて、頬張った。

　久しぶりに食べたけど、意外とおいしい。

「やっぱりさ、結愛ちゃんは強いね」

「……そんなことない」

　私は強くなんかない。

「あんな感じのこと、よくあるの？」

「うーん……。まあ、みんなが私を嫌いなのは知ってるしね……」

「…………」

「私は結愛ちゃんがいるだけで幸せ！」

「は？」

　彼女のことがさっぱりわからないと思った。

「私は結愛ちゃんと友達になれてうれしいんだ」

「……あ、そ」

　彼女は箸にはさんだ、だし巻きたまごをじいっと見つめ

た。

　まるでむかしを思い出すように。

「学校に入ったら友達はいっぱい作ろうと思ってたの。だけど、近づいてくる子はみんな私のお金目当てだった」

　そう言って笑うけど、ぜったい笑うとこじゃない。

　仲よくなれたと思っても、お金を出さなければその子たちは、『お金がないなら用はない』とあっさり彼女を切り捨てたらしい。

「笑っちゃうよね。その子たちは友達なんかじゃなかった。私はその子たちの財布にすぎなかった」

「…………」

　そんなに泣きそうに笑うなら、泣けばいいのに。

　私らしくないことをふと考えた。

「それからずっと、友達は作らなかった。作れなかったの。……でもそんな中、結愛ちゃんを見つけた」

「……私もあなたのお金を目当てにしているのかもしれないじゃない。なんで私なの？」

「最初はね、ビビッとこの子だっ！って思っただけなの。ひと目ぼれ、みたいな？」

「なにそれ」

「それでその後、友達になってって言ったら結愛ちゃんは断ったでしょ？　それが決め手かな。この子なら友達になれるって思ったの！」

　友達になってと言われた時、めんどくさいと思った。

　人と関わっていいことなんてないと思った。

　だけど今はいっしょにいることを嫌がっていない自分がいる。

　……結局、強いのは私じゃない。

　香川佳穂、あなたのほうだ。

　弱いように見えて、私なんかよりずっと強い。

「友達ってべつに必要ないと思う」

「結愛ちゃんはまたそういうこと言うー！」

「でも、あなたは必要かもしれないね」

「ゆ、結愛ちゃんっ!?」

　自分の気持ちを伝えるのって、大変だし疲れる。

　だけど伝えなきゃいけないっていうのは、知ってる。

　相手に感情がないなんてことはないから、きっとだれだって不安になる。

　これでいいのか、自分はまちがっていないのか、確信なんて持てない。

　それを全力で振り切って体当たりしてきてくれるんだから、ちゃんと向き合わなきゃいけない。

「これからよろしく、佳穂」

「え、今……カホって呼んだっ？」

「うるさい」

「うそっ！　すっごくうれしい！　結愛ちゃん好き！」

「はいはい」

　今にも抱きついてこようとするから、私は本気でそれを回避（かいひ）した。

「じゃあじゃあっ！　また溜まり場に来てね？」

「んー、考えとく」

「ぜったい来るでしょ？　だって私たち友達だし！」

　そういうのは卑怯だと思う。

　そんなこと言われたら私は断れないじゃないか。

「……少しだけなら」

「そうこなくっちゃ」

　最終的に私はまた、彼女に敗北してしまう。

IX　私の居場所

　夏本番を迎え、暑さはよりいっそう厳しく、日差しは強くなっている。

「高野結愛」

　私の名前が教室に響き渡った午後4時10分。

　だれの声かなんてすぐわかる。

　それだけ私にとって印象深い声だからだ。

　何度聞いてもその声はすごく綺麗だと思う。

　佳穂と"本当"の友達になってから、彼が教室まで私を迎えに来ることが増えた。

「また湊様が来た……」

「高野さんとどういう関係なんだろう……」

　颯爽と現れて、自分の教室じゃないのに躊躇なく入ってくる。

　それは教室に他の生徒がいようがいまいが関係なく、目撃した生徒たちにかなりウワサされているみたいだが、彼はまったく動じていない。

「何ですか、逢坂さん」

　いつも疑問に思う。

　なぜ彼は私を呼びに来る時、フルネームで呼ぶのか。

「帰るぞ」

「え？」

　ついに彼らの溜まり場に行くことが当たり前のように

なってしまったか、と心の中で苦笑いした。

　帰るぞ、なんて言われるのははじめてだ。

　今まではついてきて、とか行くぞ、だったのに。

「何かあるんですか？」

「用がなかったら呼んじゃいけねえの？」

「…………」

　どの言葉を返したらいいのかわからなかった。

　けど、そのひと言がなぜかうれしい。

「……うそ。佳穂が呼んでたからだよ」

「そうですか……」

　なんだ、それだけか。

　結局いつも通りだな。

　何も失っていないのに、喪失感と脱力感に襲われる。

「……俺も溜まり場に来てほしかったから」

「え？」

「とか言ったりしてね」

　ああ、びっくりした。

　そんなジョークおもしろくない。

　笑えない。

　無言になった私たちに、足音だけが時間を刻むみたいに鳴っていた。

　逢坂湊との無言は基本的に心地いいのだけれど、今日は例外のようだ。

　こういう時は無心でいるのに限る。

　ただただ、一歩前を歩く逢坂湊の背中を見つめて、歩き

続けた。

「入るか？」

　溜まり場の玄関の前に着いた時、逢坂湊がそうたずねてきた。

　そんなことを聞かれるのははじめてで、一瞬思考が停止する。

「入らないって答えたらどうするんですか？」

　逢坂湊は私の答えに一度目を見開き、その後小さく微笑んだ。

「引っ張ってでも中に入れる」

　相変わらず、彼は強引すぎる。

　私は胸の前で手をきゅっと握った。

「自分で入れますからおかまいなく」

　逢坂湊はまた微笑んで、扉を開けた。

　　──パンッ！

　リビングのドアを開けた瞬間、銃声のような音が耳に飛びこんできた。

　何が起こったのか理解できなくて、私はぼうぜんとする。

「結愛ちゃん、ハッピーバースデー！！」

「結愛、おめでとう！」

　見慣れた部屋はバルーンやガーランド、花々が飾られていて華やかになっている。

「なんで……」

　私の誕生日を知ってるんだろう。

「ごめんね、調べちゃった」

　ぺろっと舌を出しておどけて見せる佳穂の語尾には、ぜったい星が付いているだろう。

「本当はもっと盛大にお祝いしたかったんだけど、急だったから……」

　豪華な食事で埋め尽くされたテーブルの中央には、三段重ねのイチゴのショートケーキまで。

　こんな盛大に祝ってもらうのははじめてだから、目の前の光景が信じられない。

　うれしさよりも、おどろきと住む世界のちがいに、ほんの少しショックを受けてしまった。

「結愛ちゃん、よろこんでくれた？」

　佳穂が私の顔をのぞきこむ。

　暗い気持ちが顔に出ていたのか、その瞳は不安げな色をしていた。

　だから私は口角をきゅっと上げて笑う。

　心配なんかさせたらいけない。素直によろこぶべきだ。

「佳穂、ありがとう」

　すると佳穂はみるみる表情を明るくした。

「どーいたしましてっ！」

　うれしそうな笑顔に私も気持ちが明るくなった。

「大成功だね、拓くん！」

「佳穂は一番はりきって準備してたもんね。よろこんでもらえてよかったな」

　九条拓も佳穂の笑顔につられて笑いながら、うなずいて

いる。

「待て！　なんで佳穂だけ下の名前で呼ばれてんの!?　おかしいだろっ！」

　成宮隼人がわめいた。

「うるさっ」

　彼に声のボリューム調節という概念（がいねん）はないのか。

「えへへっ。私と結愛ちゃんは友達だから！」

「は？　俺だって友達だしっ」

「じゃあ、なんで隼人くんは名前で呼ばれないのー？」

　佳穂がイタズラに笑うと、成宮隼人はシュンと肩を落として唇をとがらせるとそっぽを向いてしまった。

「え、隼人くんっ。ご、ごめんね、イジめすぎた？」

　それを見てあわてだす佳穂。

　まったく、この人たちは……。

「隼人、って呼べばいいの？」

「えっ!?」

　いちいち声がでかいやつ。

「そ、そうだ！　これから俺のことは"隼人"って呼べ！」

「……はいはい」

　そして態度もでかい。

「私の名前呼んでくれるまで、もっと時間がかかったのに!!」

　今度は佳穂が唇をとがらせて、テーブルにのっていた唐揚げ（からあげ）にフォークを突き刺した。

「まあ、こいつにとってそれだけ俺のほうが——」

「佳穂が一番だから」

　隼人の声をさえぎった私の声に、全員が瞠目した。

「結愛ちゃん、それどういう意味？」

「さあね」

　いろんな意味をこめた"一番"だった。

　思えば始まりは、いつも佳穂から。

「僕のことも拓って呼んでくれればいいから」

「うん。わかった」

「そうだ！　みんな名前で呼び合うことにしよう！　そうすればもっと仲よくなれるはず」

「……そうだね」

　拓も私と距離を縮めようとしていることが感じられて、少しうれしく思った。

　前まではだれとも仲よくする気はなかったのに。

　人の気持ちは鏡だって、いつかだれかが言っていたのを思い出す。

「あ、そうだ！　結愛ちゃんにプレゼントがありまーす!!」

　差し出されたのはかわいくラッピングされた手のひらサイズの袋だった。

「早く開けてみて！」

　佳穂にせかされながら開けると、出てきたのはシンデレラをモチーフにしたネックレス。

「……綺麗」

　カボチャの馬車をイメージした台座にブルーの宝石がはめ込まれ、小さなガラスの靴が添えられたチャームは、光

に当てるとキラキラと輝く。

「じつはね、それ選んだの、湊くんなんだよ」

「え、」

「かわいいよね！　しかも美人で強くて優しい結愛ちゃんのイメージにぴったり！」

　──逢坂湊がこれを……。

　それに、私のイメージがシンデレラ？

　ぜったいちがう。

　私はそんなに綺麗じゃない。

「でね。私も拓くんに選んでもらって、同じシリーズの買ったんだ！　おそろいだね！」

　笑顔の花を咲かせる佳穂の首元には、おやゆび姫をモチーフにしたチューリップに、小さなティアラが添えられたネックレスがゆれていた。

　小さくてかわいらしく、花みたいな佳穂のイメージに合っている。

「どう？　気に入ってくれた？」

「うん……。ありがとう」

　感情を見せることが苦手だから、言葉少なになってしまうけれど、すごくうれしい。

　ネックレスを落とさないように、ぎゅーっと握った。

「つけてやろうか？」

「……お願いします」

　そう言う逢坂湊にネックレスを渡すと、彼は後ろから私の髪を分ける。

首に彼の冷たい指が触れ、ドキリとした。

「……できた」

「ありがとう、ございます……」

首元に光るそれは、私を特別な人間にしてくれる気がした。

「じゃあ、ケーキ食べよっか！」

「僕が切り分けるよ」

「ありがとう、拓くん。結愛ちゃん、どこでもいいから早く座って！」

え、どこでもいいって……。どこに座ればいいか迷っていると、

「結愛。こっち」

テノールの澄んだ声が、私のまわりの空気を割いて耳に届いた。

見れば、逢坂湊が自分の隣をぽんぽんと軽く叩いている。

断る理由はないけれど、躊躇してしまう。速まる鼓動を落ち着かせながら、ストンと隣に腰を下ろした。

「もっとこっち」

「きゃっ」

肩を寄せられて、彼との距離はなくなり、ぴったりとくっついた。

近すぎる。

さらに鼓動は速くなり、心臓の音は大きくなる。こんなに鳴り響いていたら、聞こえてしまうんじゃないだろうか。

「あーっ！　なんで結愛が湊の隣に座ってんだよ！」

　隼人は私と逢坂湊をにらみつけた。

「ダメだったの？」

　私にはもう、何が何だか。

　チラリと隣を横目で見ると、逢坂湊は隼人に向かって不敵な笑みを見せていた。

「結愛、」

「何？」

「俺のことは湊って呼んで？　それに敬語じゃなくていい」

「……はあ」

　湊は私があいまいに返事をすると満足げに笑う。

　そして私の頭をポンッと撫でた。

　脳天に湊の体温を感じる。

「誕生日おめでとう」

「ありがとう」

　自分の誕生日を祝ってもらうなんて、何年ぶりなんだろう。

　最後に家族から祝ってもらったことが、遠い記憶のようだ。

　誕生日そのものをずっと忘れていたから、その分押し寄せる幸せをかみしめる。

　頭の上に感じていた熱はすうっと消えた。

　反対に心が温かくなっていく。

「お前の居場所はここだ」

「……っ、」

　……息が詰まった。

　だれかにそんなことを言われる日が来るなんて、思って
もみなかった。
　なにより、湊の満面の笑みは綺麗で、夜空の星なんかよ
りずっと綺麗で。
　その顔を見た瞬間、世界はワントーン明るくなった。
　こんな綺麗なものを見るのは久しぶりで、うれしくて。
「なんだ、笑えるんじゃん」
「え？」
　無意識のうちに笑っていた。
「今までも笑っていたでしょ？」
「あのうそくさい笑みが〝笑っていた〟に入るとでも言い
たいの？」
「…………」
　愛想笑いに気づかれたのははじめてだった。
　高校生活の中で湊、ただひとりだけ。
　だから〝うそくさい〟とまで言われて心底おどろいた。
　自分が積み上げてきたものを否定されるのは嫌なのだけ
れど、湊はいい意味でそれを壊してくれたように思える。
　結局私は、気づいてほしかったのかもしれない。
「そっちのほうがかわいい」
　また向けられる笑顔に、今度は体の奥からじわじわと熱
が湧き上がってきた。
　わかってる、……お世辞で言ってるんでしょ。
　慣れてるんでしょ、こういうの。
「……ありがとう」

　どの言葉に向けたお礼かは私にもわからない。

「湊の笑顔はかっこいいよ」

「ははっ、ありがとう」

　私だけ照れているのが恥ずかしくて、しかえしをしようと思って言った言葉は、簡単にかわされて羞恥心をあおるだけだった。

　照れ隠しにもう一度笑顔を浮かべようとしたが、それはぎこちないものになってしまった。

第3章

◊

X　家族と私

　お義母さんの機嫌がいい。

　キッチンに立って鼻歌交じりに料理を作っている。

　時折、笑うような声まで聞こえた。

　今日はお父さんとお義姉ちゃんが同時に帰ってくる日だ。

「……お義母さん、手伝おうか？」

　花柄のエプロンをつけた後ろ姿に静かに声をかける。

「いらない」

　冷めきった声だった。

　私の心まで凍えそうな、そんな声。

　私は"いらない"。

　そういうことでしょ？

　──ピンポーン。

　不意にチャイムが鳴った。

「私が出る」

　お義母さんの背中に向かってつぶやき、玄関に行った。

　扉のすりガラスには黒い影がふたつ揺れている。

　私はガチャリと鍵を開けてゆっくりと扉を開いた。

「結愛、ただいま！」

「……お父さん、お義姉ちゃん」

「結愛、元気にしてたか？」

　お父さんが私に微笑みかける。

「うん、元気だよ」

私もお父さんに笑顔を作り答えた。

「おかえりなさい！　彰久さん！　梨奈！」

いつの間にか私の後ろにいたお義母さんは、心からの笑みを久しぶりに浮かべていた。

「お母さん！　ただいま！」

お義姉ちゃんもうれしそうに笑う。

あいかわらず、お姉ちゃんは美人だ。

まぶしく、直視できないほどに。

いつも笑顔で明るくて綺麗で、紅赤を連想させるようなオーラで包まれているお姉ちゃんに、あこがれたこともある。

もう今は、そんなおろかな考えは捨てた。

お姉ちゃんは自分とは正反対の人間だと気づいたから。

リビングのつけっぱなしだったテレビから、またタレントの笑い声が聞こえた。

お義母さんも、お姉ちゃんも、お父さんも、笑っている。

——私だけ、笑えない。

この空間に、この空気に触れていると思うと、めまいがした。

頭がグラグラして今にも倒れてしまいそう。

「うわぁ！　すごい！　お母さんどうしたの!?」

ダイニングテーブルにのっている手の込んだ夕食に、お姉ちゃんは目を輝かせた。

いつもじゃ、考えられないぐらいのごちそうメニュー。

　お義姉ちゃんとお父さんの力ってすごいなって思ってしまう。

「あ、わかった！　今日は結愛の誕生会なんだね？」

　お義姉ちゃんはひらめいたように言う。

　ちがうよ、ちがうに決まってるじゃん。

　お義母さんがそんなことしてくれるはずがない。

「今日は、梨奈のスピーチコンテスト入賞のお祝いのつもりよ」

　ほらね。

　お義姉ちゃんは、お義母さんが私のことを嫌ってることに気づいてないから、そんなふうに言ったんだと思う。

　わかっていても、実際にお義母さんの口から聞きたくなかった。

「スピーチコンテストって小さいものだし…、お母さん、そんな大げさなものじゃないんだよ！　それよりも結愛の誕生日のほうが……」

「お義姉ちゃん、……おめでとう」

　お願いだからそっとしておいて。

　私の誕生日なんてどうでもいいじゃん。

「梨奈、結愛、2人ともおめでとう」

　お父さんが優しく笑った。

　私はもう、ありがとうって必死に笑顔をつくろうことしかできなくて。

　……こんなところから早く出ていきたい。

「ケーキも作ったのよ。イチゴのショートケーキ」

　にこにこと笑うお義母さんの目には、お義姉ちゃんしか
映らない。

　私なんて眼中にない。

「ごちそうさまでした」

　私は早々と食事を終わらせ、席を立つ。

　とりあえず、リビングから出て行きたかった。

　あとはお父さんとお義母さんとお義姉ちゃんの３人で、
仲よくすればいいと思った。

「結愛、ケーキ食べないの？　もしかして体調悪い？」

　お義姉ちゃんが心配そうに私の顔をのぞきこむ。

「ううん、元気だよ。でももう、お腹いっぱいだからケー
キはいいや」

　あいかわらず私は笑っている。いや、笑っている・は・ず・だ。

　顔面が麻痺して、自分がどんな表情をしてるかすら、わ
からない。

　やっとリビングから脱出し表情を戻せば、無理やり持ち
上げていた頬の筋肉が痛かった。

　湊には"うそくさい笑み"と言われてしまったけど、我
ながら自分の作り笑いはうまいと思っている。

　だって私が笑えば、お父さんは安心したような笑みを浮
かべる。

　つまり私がうそっぱちの笑顔を見せれば、お義母さんと
私は元気に楽しくやっている、と思ってもらえるってこと
だ。

　事を荒立てなければ、家族はちゃんとまとまる。

「結愛！」

　名前を呼ばれて振り返ってみれば、そこにいたのはお義姉ちゃんだった。

「どうしたの、お義姉ちゃん」

　無表情の私にお義姉ちゃんは笑いかける。

「お誕生日おめでとう」

「……ありがとう」

「結愛、最近どう？」

「普通かな」

　当たりさわりのないセリフを紡ぐのは、慣れたもの。

　だけど毎日楽しいよ、とは答えられなかった。

「そっか」

　ただ私を気遣ってくれていることだけは伝わってきて、感謝とともに人を気遣う余裕があってうらやましいと思ってしまった。

　ああ、だからイヤなんだ。

　お義姉ちゃんはいつだって優しい。

　優しいからこそ嫌いだ。

　お義姉ちゃんの心はまっすぐで綺麗で、人を疑うことを知らない。

　私とお義母さんの関係も良好だと思いこんでいる。

　お義姉ちゃんと話していると、お義母さんとうまくやれていない自分が責められているように感じた。

　けれど、一番嫌いなのは自分だ。

　お義母さんやお義姉ちゃんに嫌いって言えない自分が

大っ嫌い。

隼人にはあんなに威勢よく出られたのに。

私は反吐が出るほど弱い人間だ。

「ありがとう」とだけつぶやくと、お義姉ちゃんに背を向けた。

「どこ行くのっ？」

「コンビニ。ちょっと夜風に当たってくる」

玄関を開けると、夜にもかかわらずモワッとした蒸し暑い空気が私を包んだ。

これじゃちっとも頭を冷やせない。

イライラが募っていくだけ。

家にいたくない。

その一心で歩みを進める。

なんだか急に湊に会いたくなった。

会いたくてたまらなくなった。

今どうしてるかな、なんて前までの自分じゃ、考えもしなかったことも考えた。

不思議だけど彼のことを思い浮かべると、自然と笑みがこぼれた。

心の中のいら立ちも薄まっていく。

暗闇の中に溶けこむように歩き続けると、あの溜まり場近くまで来てしまっていた。

帰らなきゃ。

踵を返し、戻ろうとしたその時、

「……結愛？」

　私を呼ぶ綺麗なテノールの声に足を止める。

　ゆっくりと振り向くと、そこには湊の姿があった。

　私が会いたい気持ちが作り出した幻覚なんじゃないかと思い、目をこすってみるが、目の前の湊は消えない。

「泣いてるのか？」

　湊は私の腕をつかみ、顔をのぞきこんでくる。どうやら目をこすっていたことで、カンちがいさせてしまったらしい。

「大丈夫。泣いてないよ」

　まぎらわしい行動をとってしまったことを申しわけなく思いながら言う。

　けれど、なぜか湊は腕を離さないで、私を見つめたままかたまっている。

　不思議に思っていると、湊はやっと口を開いた。

「……何かあった？」

　なんでわかってしまうんだろう。

　湊に隠しごとはできないんじゃないか。

「ちょっとね……」

　気持ちをわかってくれる人がいるんだと胸が熱くなった。

　その瞬間、湊は私を引き寄せると長い腕で包みこんだ。

　そして、頭をゆっくりと撫でてくれる。

　どうしようもなく安心して、私は無意識のうちに湊の背中に手を回していた。

「何も聞かないの？」

　湊にたずねてみる。

「今は聞かない」

　耳にかかる湊の吐息にドキドキしながらも心地よくて、この時間がずっと続けばいいのにと思った。

XI　私を助けだしてくれるのは

　それはありふれた放課後。

　ふつうに授業を受けて、ふつうに帰る支度をして。

　今日は"三人組"と佳穂は都合が悪く、溜まり場に寄らないことになっているので、湊は迎えに来ない。

　私は必要な教科書だけカバンに詰めて、教室をあとにする。

　「高野さん、バイバイ！」という声には笑顔で対応し、今日もパーフェクトな優等生キャラを確立させた。

　そして図書室へ足を運び、最終下校時刻までみっちり勉強する。

　かなり集中したから少し疲れてしまった。

　昼間の気温の高さのせいもあり、頭がボーっとしつつも、アスファルトで舗装された道を歩く。

　オレンジ色に染まった空はいまだ熱を放ち続けている。

　暑っつ。

　あいかわらず長袖のブラウスを着ている私は、完全に場ちがいだ。そのままふらふらとした足取りで、曲がり角を右に折れた。

　すると、ふたり組の不良にからまれている男子を見かけた。からまれているのはうちの生徒だけど、不良のほうは、見たところ大学生っぽい。

「金持ってんだろ？　出せよ」

「そんな！　僕はぜんぜん持ってないです！」

　カツアゲされているみたいだ。

　だれか呼んでこようか。

　いや、それじゃ遅い。ここらへんはあまり人通りもない
し、ここから学校まで少し時間がかかる。

　私が止めるしかない。

「ちょっと！　やめなさいよ！」

　不良はゆっくりとこちらを見る。私はゴクリと唾を飲み
こんだ。

「なに？　オネーサンが代わりに払ってくれるの？　それ
とも"三人組"のところに連れて行ってくれる？」

　標的を私に変えたのか、男子を解放して今度は私を壁
に追いこむ。

「……"三人組"？」

　なんで彼らが出てくるのか。

「知ってるでしょ？　オネーサンの学校にいるお金持ち」

　ああ、この人たちは湊たちからお金を取ろうとしている
んだ。

「ぜったいに教えません」

　強気にそう言って、ふたりの不良の間をすり抜け、その
まま逃げだそうとした。

　――その時。

「うっ」

　とつじょ大きな影に両腕を拘束されたかと思うと、首筋
に痛みが走り、私は朦朧とした意識の中、ドンッという音

を立てその場に倒れこんだ。

な、何これ。

どういうこと。

今起こったことを理解できず、軽くパニック状態に陥る。

まもなく口と目を布のようなものでふさがれた。

視界が真っ暗でも、体が持ち上がり車に乗せられたことはわかった。

……誘拐？

何のために？

わけがわからないまま私の意識は遠退いていった。

次に目を覚ますと、そこは無機質なコンクリートの部屋だった。

口もとは先ほどと同じ布でふさがれていて、手足はロープで拘束されている。

そこで、"ああ、さらわれたんだ"と思い出した。

私が首筋に当てられたものはおそらくスタンガンで、それで倒れてしまったのだと思う。

私としたことが、とんだ大失態だ。

まさか自分がさらわれるとは、まったく考えが及ばなかった。

コンクリートの冷たさがやけに体に染みる。

──ガチャ。

扉が開いて、男ふたりが入ってきた。

さっきカツアゲしていた人とは別人。

　茶髪と黒髪でピアスをいくつもつけている、いかにもな
ふたり組だ。
「あれ、目ぇ覚ましてんじゃーん」
「え、マジじゃん。ボスに報告しなきゃ〜」
　しゃべり方から、バカそうな雰囲気が漂っていた。
「もしもし？　ボス。女の目が覚めました——」
　黒髪のひとりはスマホを取り出し、"ボス"に連絡を取
り始めた。
　そして茶髪の男は私の顔をまじまじと見てくる。
　なんなの？
　気持ち悪い。
　黒髪は通話を終了させるとこちらに目線を戻した。
「……ん？　どした？」
「でもやっぱり顔整ってんなと思って、こいつ〜」
「だよな〜」
「……っ、」
　吐き気がする。
　男たちの視線に鳥肌が立った。
「なあ、ボスが来るまでなら手ェ出してもバレなくね？」
「たしかに！　ちょっとだけなら…」
　うそでしょ？
　イヤだ!!
　私は思いっきりそいつらをにらみつけた。
「んんんっ!!」
「おーおー、気が強ぇ女」

　叫ぼうとしたのだが、布がジャマして言葉にならない。

　手足も動かせないから、少しも抵抗できないし、動けば動くほど男たちをあおるだけ。

　どうしよう。

「そう怖い顔すんなよ。綺麗な顔が台無しだよ？」

　ウザイ。

　やめて、来ないで！

　せめてこの布さえ外れれば……！

「──おい、何してる？」

　そんな時ガチャ、と大きな音を立てて知らない男が入ってきた。

「ほ、ボスっ！」

「べ、べつに手を出そうとしてたんじゃ！」

　あ、こいつら本当にバカだったんだな、とさらわれた身にもかかわらず冷静に考えた。

　だってそんなこと言ったら、

「何だ？　お前ら俺に黙って手ぇ出そうとしてたのか？」

　バレるに決まってる。

　ドスの利いた声は私に向けられているわけじゃないのに、ゾクリと背筋に冷や汗が流れた。

　この人……明らかにバカなふたりとはちがう。

「すっ、すいませんでしたっ！」

「もういい。下がれっ！」

「はいぃぃ！」

　ふたりはまぬけな声を上げて一目散に逃げていった。

　とりあえずしのげたけれど、この人のほうがぜったい危ない。

　どうやって逃げたら……？

「さぁて、オネーサン」

　男の声が私に向けられた瞬間、恐怖が本物となった。

「気になっていること、教えてあげようかぁ？」

「んんんんっ、」

「おっと、外してあげないとしゃべれないね」

　布が外され、唇が生ぬるい空気に触れる。

「んで、オネーサンは何が聞きたい？」

「……なんで、私がここにつれて来られたの」

「金目当てに決まってんだろ」

　それはまるで、歌を口ずさむようだった。

「"三人組"と同じ学校の生徒をテキトーにさらって、"三人組"に金を要求する計画だった。だけど、たまたまさらったお前が"三人組"と仲いいみたいで好都合だったよ」

「どうしてそれを……っ」

「仲間が"三人組"といっしょにいたお前の顔を覚えてたもんで。そりゃ、こんな顔がよければ記憶に残るよな。お迎えが来るまで、相手してもらってもいいなァ」

　彼は楽しそうに、軽やかにそう言い放った。

　同時に、太くゴツゴツした指で私の頬をツーっと撫でる。

　その先をたどれば、Tシャツの袖から、なんの動物かもわからない刺青がのぞいていた。

　そういうものぜんぶぜんぶが、さらなる恐怖心を掻き立

てるのには十分だった。

　やがて頬を撫でていた指は唇に移動する。

　私は、後ろに束ねられた手がガクガクと震えるのを抑えるのに必死だった。

「や……め、て……っ！」

「なーに？　震えてんの？　さっきまであんなに強気だったのに……たまんねェな」

　でもそれはすぐにバレて、彼をあおり立てるものになる。

　悔しいけれど、自分でも驚くほど震えて、何もできない。

　思うように体を動かせない。

　それなのに脳内は活発に働いて、考えなくてもいいことも考えてしまう。

　どうすれば……。

「お前、あいつらどれかの女なんだろ？」

　こうやって思いこみで動く人がいるから困る。

　怒りが頂点に達して、今なら反撃できそうな気がしてきた。

　手の震えは収まっていないけれど、でも、さっきとぜんぜんちがう。

　どこがちがうかとか、なんで変わったのかとか説明はできないが、不意に気持ちがふっきれたのだ。

「王子様はいつ迎えに来てくれるかね？　まあ、まだ泳がせてるから場所は教えてないけど」

　ニタニタと笑う男。

　確実に湊たちをバカにしている。

　私、何でこんなやつらにさらわれたんだろう？

「……く、ははははははっ！」

「てめぇ、なに笑ってる？」

「来るわけないじゃん」

「あ゛ぁ？」

　男の目つきが豹変した。

　敵を見る獣のような鋭い視線で私をとらえる。

「だから、湊たちが来るわけないじゃん」

　湊、来ないで。

「だって、赤の他人だよ？　私は彼女でもないし、そういう関係でもない」

　私は最初からひとりで解決するつもりなんだから。

　来ちゃダメなんだよ。

「来ないよ。残念だったね」

　そう言い終えると、私はにやりと笑った。

　挑戦的に、挑発的に。

「っるせえ！！！」

　すると、男は私に殴りかかってきた。

　一瞬顔を背けたけれど、重い拳を頬にガツンっという音とともに食らった。

　口の中に鉄の味が広がる。

　唇が切れてしまったのかもしれない。

　痛い。

　何度殴られたって、慣れることのない痛み。

　これからどれくらい受ければいいのだろう。

　私はずっと考えていたことがある。

　私はどんな存在かって。

　愛されない存在？

　いらない存在？

　ううん。そんなんじゃない。

　私は、存在しない存在なんだ。

　きっとそれが私にぴったりの言葉。

　……だから見つけてもらえない。

　黙って男を凝視していると、やつは右手を振り上げた。

　あ、ヤバイ。

　そう思ったその時。

　──バンッ。

　扉が壊れてしまったんじゃないかと思うほどの大きな音が耳を貫いた。

　扉の向こうにいたのはまちがいなく、彼だ。

　逢坂湊。

　どうして……。

「は？　まだ場所は教えてねえのにどうしてここがわかった？」

「結愛に助けられたっていう男子が教えてくれたんだよ。お前ら、金持ちを狙って襲うことで有名なやつらだろ？ アジトをウワサを頼りにさがしてみたらビンゴだったってこと」

　そっか、あの男の子、ちゃんと逃げられたんだ。よかった。

「俺たちのことを知ってるなら、金は持ってきたんだろう
な」

　男は不気味な笑みを浮かべた。

「金ならここだ」

　湊は男に財布を投げつけた。

　いったい、いくら入っているというのか。

　いや、いくらだっていい。そんなお金、湊に払わせるわ
けにはいかない。

「湊、払わなくていい」

「……結愛っ、顔……」

　そこでやっと私に目を向けた湊は目を見開いた。

「……金なんぞいくらでもくれてやる」

「なんだ、急に」

「けど、……結愛に手を出した代償はいただかねえとな」

　ほとんど言葉と同時に、湊は男を殴った。

　男はよろめきながら、湊をにらむ。そして、体勢を立て
直すと湊になぐりかかった。

　思わず目をきつく閉じる。

　でも殴打される音はしなくて、おそるおそる目を開ける
と、男の拳をつかむ湊の姿が映った。

　つ、強い！

　男も予想外だったのか、目を見張っている。

　それから何度も男は湊を殴ろうとするけど、湊は華麗に
かわしていく。

「てめぇ、避けんな」

「お前の動きが鈍すぎるからだろ」

「クソッ」

　男はとつぜんズボンのポケットからジャックナイフを取り出した。

「やめてっ」

　私の声は届かず、男はナイフを湊に振りかざす。その瞬間、心臓が止まってしまうかと思った。

　だけど、湊はあっさりと男の腕を捕まえて、そのナイフを落とす。

　──カランッ。

　湊は落ちたナイフを蹴り飛ばし、男のみぞおちに拳をヒットさせた。

　ぐおっという男のうめき声のあとに、もう一発パンチをくらわす。

　男が体勢を崩して隙ができたところをさらに殴りつけると、音を立てて男がバタッと倒れた。

　湊はとどめの一撃を食らわし、

「二度と結愛に近づくな」

　倒れている男の耳元でそうつぶやく。男は這うように に逃げて行った。

　……湊ってこんなに強かったの？

　知らなかったがゆえに衝撃が大きすぎて、かたまってしまった。

「結愛、」

　名前を呼ばれ意識を戻すと、湊が目の前に立っていた。

　　その瞳は揺れている。

「遅くなってごめん……」

　　そんなことない。

　　言いたいのに、口が動かせない。

　　湊から目が離せない。

「痛かったよな」

　　そっと、ひんやりとした湊の手が私の頬に触れた。

　　心臓が大きくドクンと脈を打った。

　　殴られた場所が、火がついたように熱くなる。

「何された？」

　　そんなつらそうな顔で聞かれたら、言えなくなってしまう。

　　湊は知らなくていい。

「……だい、じょうぶ」

　　カラカラになった喉からやっとの思いで声を出す。

「……助けてくれてありがとう。こんな強いなんて知らなかった」

「これくらいは、護身術みたいなものだから」

　　湊が言うには、幼いころから身につけさせられたという。

　　それより、と言葉を続けながら、湊は私の頬に指をすべらせた。

「俺がもっと早く来たら、結愛はこんな目に合わずに済んだのに」

　　湊のせいじゃない。むしろ湊は、すごく早く助けに来てくれた。

　それを伝えようとしたが、視線がからまるから、金縛り<ruby>金縛<rt>かなしば</rt></ruby>り
にあったみたいに動けなくなってしまった。

　鼓動が痛いほど速くなって、すごく苦しい。

　湊の顔がだんだんと近づいてくる。

　それと同時に胸の苦しさは増すばかり。

　息ができないんじゃないかと思うほどに。

　そして湊は、血がにじむ私の口端<ruby>口端<rt>くちは</rt></ruby>に撫でるような口づけ
をした――。

XII 信じる

校門をくぐった時から、いやもっと前から感じていた視線は、校舎内に入るとよりいっそう強くなった。

みんな私をチラチラとぬすみ見ては、コソコソとウワサ話をする。

なぜかって、私の顔に傷があるからだ。

不幸中の幸いと言うべきか、男たちにさらわれた翌日が創立記念日だったため、2日ぶりの登校となった今日。

痣は少しうすくなったものの、口端の傷はまだ残っている。

周囲の反応に、やっぱり学校を休めばよかったと後悔した。

あの事件のあと、湊とともに溜まり場に戻った私は、湊から事情を聞いていたらしい3人に迎えられた。

『こういう家柄だし、俺らはターゲットにされやすいんだ。護衛を呼んでから行くべきなのに、湊はひとりで助けに行っちゃって……。俺らが止めても聞かなかったんだよ』

拓が呆れながらそう言っていたのを聞いて、湊への感謝の気持ちと、喜びが渦巻いた。

そして、佳穂に手当てをしてもらってから家に帰った。

顔に傷を作って帰ってきた私をお義母さんは不良娘だとひどく叱責した。それをきっかけに小言も多くなっている。

それでもお義母さんには階段から落ちたのだとうそをつ

いて、事件の詳細は伝えていない。本当のことを言えば激怒されるに決まっているから。

　逃げた不良たちは、湊の通報によって逮捕されたが、警察に私がさらわれたことは伝えなかったのも、お義母さんに今回のことを知られないためだった。

『本当に警察に言わなくていいの？』

『うん、家族に心配かけたくないから……』

　4人は私のことをとても心配してくれて、大人に相談しようと何度も言われたけど、何回もこんな事件が起こるとは思えないし、必要ないと言った。

　だけどこの日を境に、4人から——とくに佳穂と湊からは頻繁に連絡が来るようになった。

　その内容は取るに足らないものばかり。

　返信を後回しにしていると心配されるので、なるべく早く返すようにしている。

　湊は私の傷口にキスをするという理解不能すぎることをしてきたというのに、スマホ上ではまったく変化が感じられない。

　まるで、なかったことにされているみたいだ。

　おととい以来、湊とはまだ直接会っていないけれど、もし顔を合わせたら正直どうすればいいのかわからない。

　きっと動揺してしまう。

　あんな経験、はじめてのことだから……。

　昼休みになり教室を出ようとすると、クラスの女子たち

に呼び止められた。

「高野さん、いっしょにごはん食べようよー」

　とくに約束してるわけではないけれど、最近、お昼は屋上で佳穂とふたりで食べていた。

　佳穂がえんえんと笑顔でしゃべり続け、私は真顔で黙々と食べる。

　いつわりの自分を作らなくてもいいのだから佳穂と過ごす昼休みはとても楽で、私はその時間が気に入っていた。

「ごめん、いっしょに食べる人がいるから」

「……最近、香川佳穂といっしょにいるってウワサ、本当？」

　なんの前ふりもなく佳穂の名前が出てきたので体がビクリと反応する。

「なんでそんなこと聞くの？」

「香川さんに話しかけられて迷惑してるでしょ？　そんなにつきまとわれたら、めんどうだよねぇ」

「高野さんって勉強とかいそがしいのに……空気読めって感じ？」

　ケラケラと高い笑い声が教室に響き渡った。

　いつもの私なら、ここはみんなに合わせて微笑むところだけど、今日はそんな気になれなかった。

「迷惑なんかじゃないよ」

「え？」

「私はめんどうな人と毎日過ごせるほど、おひとよしじゃないから、おかまいなく」

　ふだんよりも強い私の口ぶりに驚き、あぜんとする彼女

たちを置いて私は教室を出た。

　気分が悪い。

　人間ってこんなに汚い生き物だったっけ。

　他人の悪口を言って、同意して、それに安心して友達という存在をたしかめる。

　私はずっとこんな人間関係の中で愛想笑いを作っていたのか。

　なるべく平穏に過ごして、みんなのあこがれの優等生を演じるために嫌われないようにして……。

　そんな努力はムダでしかなかったんじゃないかとも思える。

　私は廊下を突き進み、校舎の一番端の階段を上った。

　そして最上階にある屋上へ向かって行く。

　屋上の扉を開けると風が私の髪を揺らして、これが昼休みだって感じがする。

　そのまま歩みを進めると、日かげに座る佳穂の姿が見えた。

　ぼうっとした様子でお弁当のおかずを口に運ぶ佳穂は、私が来たことにも気づいていないみたいだ。

「佳穂」

　あまりにも気づかないから名前を呼んでみたけど、うつむき加減の彼女はこっちをまったく見向きもしない。

　魂が抜けたみたい。大丈夫か……？

「かーほ！」

　次は耳元で少し強く呼んでみた。

　するとそこでやっと、佳穂は私にハッと気がつく。

「結愛ちゃんっ」

　佳穂は眉尻を下げて、なにか考えるように黙りこくった。

　……何なの？

　何かあったのだろうか。

　その原因をさぐりたい気持ちを抑えて、お弁当を広げた。

　むやみに人の心の領域に首を突っこんではいけない。

　佳穂のことは気にしないふりをしてお弁当を食べていると、長い間黙っていた佳穂がついに口を開いた。

「ねえ、結愛ちゃん」

「ん？」

「無理しなくてもいいんだよ？」

「……え？」

　何それ？

　何のこと？

　何に対して？

　一瞬にして脳みそをフル回転させて考えるが、思考が追いつかない。

「あのね、私聞いたんだ。私が結愛ちゃんにいっぱい話しかけてるの、迷惑だったんでしょ？」

「ああ……！」

　納得して出した言葉には、ため息も含んでいた。

　まったく、変なウワサ流したのだれだよ。

「べつに迷惑なんてしてないから」

「結愛ちゃん！　同情とかいらないからね。同情してるか

ら仲よくしてるとか、そんなの嫌だよ」

「…………」

「同情されてもみじめなだけ……」

　単純に似てる、と思った。

　私が他人に向けている感情とよく似ている。

　同情なんてされたらすごくみじめだ、と。

　そんな恥ずかしい思いをするぐらいだったら、ぜったい
に隠さなければならないと思っていた。

　お母さんがいないことも。お義母さんとうまくいってい
ないことも。心と体にできた傷も。

　ぜったいにバレたくなかった。

　かわいそうだね、なんて言われたくなかった。思われた
くなかった。

「だから結愛ちゃん……、私のことはもう……」

「あんた、バカなの？」

「ふぇっ」

　だからこそ。

　私と似てるからこそ、自分みたいなネガティブな感情を
抱いてほしくない。

「私があんたに同情なんかして、時間を割いてると思って
んの？」

「え、あ、それは……」

「何のために？」

「わかんない……、」

「勝手に決めつけないでよ。私は同情なんかするヒマがあっ

たら自分の将来を考える。佳穂といっしょにいるのは、私がそうしたいからに決まってるでしょ」

「え……、」

「だれが流したかもわからないような信憑性ゼロのウワサと私の言葉、どっちを信じるの？」

　佳穂。ちゃんと私を見て。私と向き合って。

　次第にウルウルと佳穂の目に涙がたまっていく。

「ゆ、結愛ちゃんっ。ごめんね。ごめんなさいっ」

「なんで謝ってんのよ」

「だってぇ、私っ、結愛ちゃんを信じてなかったんだもん！」

　つうっと一筋のしずくが、佳穂の頬を伝って流れ落ちる。

　私は黙って佳穂を見つめた。

「ウワサを聞いた時、急に怖くなった。もしかして結愛ちゃんは私のことを嫌がってたんじゃないかって。私を嫌いなんじゃないかって」

「そんなの今さらすぎでしょ」

「たしかにそうだよね。結愛ちゃんって最初のころは本当に嫌そうな顔してたし、ずっと嫌々私といるんじゃないかとか、いろいろ考えちゃったんだ」

「そっか」

「うん……。ちがってよかったぁ！」

　ゴシゴシと手で涙をぬぐった佳穂は、私に笑ってみせた。

　目と鼻が赤くなっている彼女は、これまで見た中で一番ブサイクで、一番綺麗で。

「迷惑だったらちゃんと"迷惑"って言うから。それまで

は今の佳穂のままでいいよ」

　私は知ってる。

　佳穂は何も考えていないようでいて、たくさん考えて行動してるってこと。

　先日のことだってそうだ。

　私がおそわれたあの日、帰ってきた私に起こったことを聞くこともせず、テキパキと手当をしてくれて、笑顔で他愛もない話をしてくれた。

　それでけっこう救われたんだって、佳穂は知らないでしょう?

　いつか伝えてあげようと私は思った。

　今はまだ教えてあげないけどね。

「結愛ちゃん大好きっ」

　晴れやかな笑顔の佳穂に、私は心からの微笑みを返した。

XIII　浸食された瞬間

　数日後。
「夏休みってまだぁ？」
　この暑さに耐えられず、今にも溶けそうな佳穂とその仲間と下校している。
　今日は久しぶりに、湊が私のことを教室まで迎えに来た。あの日以来はじめて会うので、うまく目を合わせられない。
　チラリと気づかれないように湊をぬすみ見るけれど、彼が何を思っているのかわからなかった。
「ねえ見て、湊様たちが高野さんとしゃべってる」
「本当だ。最近よくいっしょにいるよね」
　周囲の人々にウワサ話をされるのも、だんだん慣れてきた。
　"三人組"とともに行動するとどうしても周りがざわめくから、いちいち気にしてられない。
「夏休みの前に期末テストってもんがあるだろ？」
　そして同じく溶けそうな隼人が気だるそうに答える。
「俺、今回の範囲やばいんだよなあ。……結愛！　俺に勉強教えろよ！」
「は？　なんで私が……」
「俺が教えてやろうか、隼人」
「え……、」
　私の声をさえぎり、にこやかに発言したのはまぎれもな

く湊だった。

　湊は私の腕をつかんで、自分の後ろに隠すように引っ張ってくる。

　そんなちょっとした行動にも心臓がはねた。

「湊がって、まじかよっ……！　やっぱり大丈夫です。自分で勉強できます」

「遠慮しなくてもいいのに。結愛に教えてもらおうとしてるなら俺でもよくない？」

「遠慮なんてしてないしてない！　間に合ってます!!」

　あまりにも隼人が必死に断っているので、何かと思えば、湊の教え方はスパルタなのだと、拓が耳打ちしてくれた。

　なるほどね。隼人が湊に叱られている様子は容易に想像できる。

「ゆーあちゃんっ！　私の勉強は結愛ちゃんが見てね」

「は!?　ズリぃ!!　なんで佳穂だけ！」

「だって拓くんは忙しくて教えてくれないんだもん」

「だったら佳穂は、湊に教えてもらえば……」

　そこまで言いかけたところで、隼人は私の後ろを見てヒィッという間抜けな声を出した。

「……隼人？　なんか言った？」

　何があったのかと後ろを振り返れば、そこにいたのは拓で……。

　目を細めて口は弧を描いているのに、笑っているように見えない。

「い、いえっ、なにもっ」

　むしろ超不機嫌に見える。

　ああ、そっか。

　拓は意外とヤキモチを焼くタイプなんだ。

　だから幼なじみである湊ですら、佳穂とふたりっきりにさせたくないんだろう。

「ねえ、佳穂は拓のどこが好きなの？」

「な、何!?　とつぜん!?」

　佳穂は私の質問に驚いたあと、顔を赤くしながら手で口を隠す。

　私は表情を変えずに佳穂の返答を待った。

　佳穂は拓の顔を見ながら「うーん」と悩んでいる。

「好きなところはいっぱいあるけど……」

　佳穂のその言葉に拓もまた顔を赤くする。

「俺も照れるんだけど」

　こういう素直に気持ちを言えるところはあこがれる。

　そして悩んだ末に、佳穂はこう言った。

「私に愛をくれるところ、かな」

「……"愛"？」

　"アイ"

　そのたった2文字で眉間にシワが寄っていく。

「結愛ちゃん、怖い顔してるよ。戻って！」

「だって愛って……」

　あまりにもリアリティがない。

　存在するかどうかもわからないものを当てにして、不安になったりしないのだろうか。

「私は愛ってものを信じてないから」

　私がそう言うと「そういえばそうだったね」と佳穂は苦笑いした。

「どういうことだよ？」

　隼人がにらみを効かせてこっちを向く。

「どうもこうもない。私は"愛"を信じてないの」

「なんでだよ」

「……、理由なんてないよ」

　まだ、みんなには言える気がしない。

　優しかったお義母さんが豹変して、日々暴言を吐かれ、暴力を振るわれるようになってから、"愛"を信じられなくなってしまった。

　自分に向けられる"愛"はすべていつわりなのではないかと。

　どれだけ優しい人でも裏の顔があるのではないかと。

　私は目を細めて遠くのほうを見つめた。

　こんな哲学的なことを考えていたら頭が痛くなりそう。

　だいたい私は、答えがないものをずっと考え続けるのが苦手なのだ。

「結愛、大丈夫か？」

　ぼうっとしてしまった私を、湊が現実世界へ連れ戻す。

「ごめん、考えこんじゃった」

　ふと、湊の顔を見て考える。

　湊はいつも私に優しい言葉をくれる。

　私はそれも信じられない？

　それは何かちがう気がした。

　湊の言葉に裏なんて感じたことがない。きっとありのままの湊の言葉だ。

　そのちがいはいったいなんなのだろう。

「……俺の顔に何かついてる？」

　少し長く見つめすぎてしまったみたいで、湊は照れたように笑う。

　私は急に恥ずかしくなって、あわてて目をそらした。

　友達と下校なんて一年前の私が想像していただろうか。

　いや、ぜったいにしていない。

　なぜならあのころは、勉強が大切で、優先順位が何よりも高かったから。

　友達なんていなかったから。

　クーラーの効いた部屋で勉強していた時に、佳穂がとつとつにコンビニに行くと言いだしたのは、溜まり場に到着してからおよそ2時間後のことだった。

「結愛ちゃん、アイス食べたくない？」

「アイス？　べつに食べたくないけど」

「えーなんでなんで！　私は食べたいよー！」

　佳穂は私の腕をつかみ、ぐいぐいと引っ張ってくる。

　その時、腕に鈍い痛みが走り、かすかに顔をゆがめてしまった。

　昨日お義母さんに殴られたところだ。

「佳穂。手が空いたから僕がいっしょに行くよ」

「拓くん、やった！　隼人くんもアイスいるでしょ？　いっ
しょに行こうー！」

「なんで俺までっ」

　文句を言いながらもついていく隼人は、やっぱりアイス
が食べたいのだろうか。

　ああ、もう！

　3人がいなくなったら、私は湊とふたりっきりじゃない
か……！

　湊とふたりっきりになるのは、あのさらわれた時以来で。

　会話はしているけど、こうなると話はべつだ。

　思わぬ展開に平常心を失っていると、佳穂がこっそり耳
打ちをしてきた。

「結愛ちゃん、湊くんと一回ふたりでお話ししなね」

「えっ」

「結愛ちゃんと湊くん、なんかあったんでしょ？　ちょっ
と遠回りして時間稼ぎしてあげるから」

　そう言い残すと拓と隼人を連れて、溜まり場を出て行っ
た。

　佳穂は気を遣ってくれたんだろうけど、それは余計に私
を混乱させた。

　まさか佳穂にカンづかれていたとは。

「……あ、……結愛！」

「……え？」

　気がつけば湊は私の顔をのぞきこむようにしており、そ
の綺麗な顔が目の前にあった。

驚きのあまり、一度息を止めた。

今にも顔から熱を吹き出しそう。

「何、湊」

そんな状況でも落ち着いた声が出たのは、私が"役作り"に慣れているからか。

内心慌てている私とは反対に、湊は気にしてるそぶりをまったく見せない。

「お前、腕ケガしてる？」

「……っ!?」

思わず目を見開いてしまった。

湊はたまに鋭すぎると思う。

「よ、よくわかったね」

ごまかす手も思い浮かばなくて、どぎまぎしながら肯定した。

「そんぐらい結愛を見てたらすぐわかるわ」

「……そう？」

するとひとつの心配が頭をよぎる。

「ねえ、佳穂たちは……」

「気づいてないと思う。てか、それよりも結愛は自分の心配しろ。だいじょうぶか？」

「だいじょうぶだよ」

「袖めくれ」

「……嫌だ」

「いいから」

拒否したのに心配そうに見つめられるものだから、私は

湊に従うしかなかった。

　本当にこの人にはかなわないな。

　私が渋々シャツの袖を上げると、青い痣が顔を出す。

　だから嫌だったんだ。

　自分で見てもぎょっとするこの痣。

　他人から見たら、気持ち悪いに決まってる。

　そう思って、ゆっくりと湊の顔をうかがうと、彼は眉ひとつピクリとも動かさない。そればかりか、青くなっているところをいたわるように優しく撫でた。

「家の人に、何かされているのか？」

「…………」

　言い当てられてしまい、頭が真っ白になった。

「教えてくれないか？　力になりたい」

　私の目を射抜くようにじっと見つめる湊。

「……どうしてわかったの？」

「結愛が俺たちといっしょにいないタイミングなんて、家ぐらいしかないだろ」

　隠し続けてきたことが、こんなあっさりとバレてしまうなんて。

　話してしまってもよいのだろうか。

　でもきっと、湊なら私の話を受け止めてくれる。

　深呼吸をして、覚悟を決める。

「湊。私ね、なんていうか、義理の母親とうまくやれてないみたい」

　空気が重くなるのは嫌だったから、そこでヘラっと笑っ

てみせた。

　でも湊は私から目をそらさない。

　真剣に聞いてくれている。

　私はそう思うだけでいくらか気持ちが楽になり、ぽつり
ぽつりと自分の生い立ちを話し始めた。

　実の母親は私が幼稚園に行くころに、病気で亡くなった
こと。

　その数年後に父が再婚し、お義母さんとお義姉ちゃんが
できたこと。

　優しかったお義母さんが、私とふたり暮らしになったこ
とをきっかけに、怒りをぶつけてくるようになったこと。

　そして、いつしか暴力も振るわれるようになったこと。

　家庭を壊したくなくて、そして父親に心配かけたくなく
て、お義母さんにされていることはだれにも言えないこと。

　お義姉ちゃんは私とお義母さんがうまくやっていると思
いこんでいて、それを前提に話してくるのが苦しいこと。

　大学進学を機に家を出るつもりで、そのために必死で勉
強をしていること。

　すべてを話した。

　それを聞いた湊は、「がんばったんだな」とだけ言って、
目を伏せ、それからもう一度私を見た。

「俺は、結愛と同じ経験をしたことがないから、結愛がど
れだけつらい思いをしたかはわからない」

「うん」

「だけど、お前には俺がついてるよ」

　胸が熱くなるのを感じた。

　湊がどんな意味で言っているのかはわからないけど、私は、やっと見つけたと思った。

「結愛はさ、愛は存在しないって言ってたよな」

「言ったよ」

　存在しない。

　たとえ"愛"を見たとしても、それは一種の幻想にすぎないと、私は思う。

「愛は存在するよ」

　けれど湊は、強い瞳でそう言った。

「……、目に見えないものを信じろって言うほうが無理な話じゃない？」

「ははっ！　ちょっとそれ、結愛らしいな」

「何それ」

「俺が証明してやるよ。愛は存在するって」

　そう言って、湊は私の髪を撫でる。それから、ゆっくりとその手が下りてきて、優しく手のひらで頬をおおった。

　優しかったお義母さんだって、変わってしまった。それは私にくれた"愛"が最初から偽装だったから。

「俺が愛をくれてやる」

　湊だってそうに決まってる。

　そう思うのに。

　──心がじんわりと、湊の色に侵食された。

XIV　5人で見上げる花火

　しばらくして3人が溜まり場に戻ってきた。

「遅かったな」

　佳穂は私と湊が話せるように遠回りすると言っていたけど、それにしてもずいぶん時間がかかっていた。

　湊の言葉に隼人はげんなりとした表情になる。

「佳穂のやつ、買い物しだすと長いんだよ」

「買い物？」

　私が首をかしげると、佳穂がうれしそうに言う。

「じつは、さっき知ったんだけど、今日夏祭りがあって花火も上がるみたいなの！」

「へえ、そうだったんだ」

「だからね、みんなで行こうと思って、浴衣買ってきちゃった！」

「えっ」

「もちろん結愛ちゃんの分も買ってきたからね」

　そう言って私に、後ろに隠してあったデパートの紙袋を見せてくる。

　拓も紙袋をいくつか持って部屋に入ってきた。どうやら全員分買ってきたらしい。

「みんなで浴衣を着て行こう」

　佳穂と拓は上機嫌で品物を開封していく。

「今年、初花火だな」

　さっきまで買い物疲れでソファーに体を預けていた隼人
も、けっこう乗り気のようで佳穂たちに加わった。
「待って。私、浴衣の着方わからないんだけど……」
　浴衣を着るのなんて小学生以来だ。自分で着たことはな
い。
「だいじょうぶ！　私が着付けしてあげるから」
　佳穂は私の手を取り、着替えるために別室に向かう。
「結愛の浴衣、楽しみ」
　湊がそう言って微笑むから心臓が音を立てた。
「で、結愛ちゃんは湊くんとお話できたの？」
　部屋のドアを閉めるなり、佳穂は私に詰め寄ってくる。
「うん、ありがとう」
「そっか、よかった！　ふたりの空気感が、なんか変わっ
たもんね」
　にやけ顔でそう言ってくるので、ふたりっきりで話した
時間を思い出して恥ずかしくなってしまった。
「さて、着替えなきゃね。じゃーん！　結愛ちゃんの浴衣
はこれです！」
　取り出されたのは、白地に青い菊の花があしらわれた浴
衣だった。帯は深紅の兵児帯ですごくステキ。
　さっそく着替えたいところだけど、制服を脱げば腕にあ
る痣を見られてしまう。佳穂のことだから、すごく心配す
るにちがいない。
「ちょっと恥ずかしいから羽織るまで後ろ向いててくれ
る？」

　佳穂は少しきょとんとしながらも後ろを向いてくれた。とくに詮索されなかったことに安堵して、すばやく浴衣に袖を通し、佳穂に声をかける。

　振り向いた佳穂は慣れた手つきで着付けてくれる。聞けば、幼いころから教養として茶道を習っていて、その際に着物の着付けを自分でしているらしい。

「あ！　ネックレスつけてくれてるんだ！」

　私の首元を見て彼女は目を輝かせた。誕生日にもらったネックレスはお守りとして、毎日つけている。

「私もつけてるよ。ほら」

　佳穂はブラウスの中に隠れていたネックレスを引っ張り出して、私に見せてくる。

「ふふっ、やっぱり結愛ちゃんとおそろいなのうれしい。浴衣もね、じつはおそろいにしちゃったんだ」

　そう言って見せてくれたのは、白地に赤い菊の花があしらわれた浴衣との兵児帯で、たしかに色ちがいだったけれど、色が変わるだけで雰囲気がぜんぜんちがう。

　私のは大人っぽい印象だが、佳穂のものはかわいらしい。

「私も佳穂とおそろい、うれしい」

　素直に思ったことを口に出してみれば、佳穂は満面の笑みを浮かべた。

「悩みながら選んだけど、これにしてよかった！　結愛ちゃんすごく似合ってるし！」

　「早く三人組に見せよう」と、あっという間に佳穂は自分も浴衣に着替えた。髪型も編みこみをしてアップスタイ

ルにしてくれた。

　準備ができてみんなの待つ部屋に戻ると、3人もすでに
浴衣に着替えていた。

　湊は紺色の浴衣に深紅の帯、拓は黒と深緑の雨縞の黒
の帯、隼人はグレー地に七宝の総柄の浴衣に濃いグレーの
帯だ。

　3人とも背が高くて顔が小さいから、すごく似合ってい
る。

　それに拓はメガネをいつもの黒色のものから深緑のもの
に変えていて、浴衣と統一感があってオシャレだ。

「佳穂に似合ってるって言われたから、浴衣に合わせて買っ
ちゃった」

　拓が照れながら言うと、佳穂が満足そうにうなずいた。

　ふたりが見つめあっているのを見て、なにげなく私は湊
へ目線を移動させる。

　紺色の浴衣が湊の雰囲気によく合っていて、浴衣からの
ぞく首筋が色気を倍増させている。

　つい見入っていると、湊がこちらを向きそうになったの
で、あわてて目線を外した。

「あれ？　結愛ちゃんと湊くんの浴衣なんか似てない？
シミラールックみたい」

　とつぜん佳穂がそんなことを言い出すからもう一度湊を
見てみると、たしかに青系統の浴衣に深紅の帯で似ている。

　……私、もしかしてよろこんでる？

　自分の感情を疑いながら湊を見つめると、湊が私の前に

来る。

「すごい似合ってる」

　そんな言葉とともに優しい笑顔を向けられるから、顔に熱が集まってくる。

「湊もその、……すごく決まってるね」

　動揺からか、私らしくなく言葉が詰まってしまったけど、湊は満足げだった。

　それから、湊の家の運転手付きの車に乗り、夏祭り会場へ向かった。

　会場周辺はたくさんの出店が並び、人であふれかえっている。

「私、りんご飴食べたい！」

「俺はたこ焼き！」

　佳穂と隼人が今にも飛び出していきそうな勢いだったので、すぐに引き留める。

「バラバラに行動すると、はぐれるでしょ」

「そうだよね、ごめんね！　こんな屋台が並んでるのはじめて見たからつい興奮しちゃった」

「そうなの？」

「うん。いつも用意された席で花火だけ見て帰っちゃうから、あんまりお祭り自体は楽しめないんだよね。思いつきで来ることにしてよかった！　ほんと今日は楽しい！」

　まだ来たばっかりなのに、楽しんでいる佳穂を見るとなごむ。

「結愛は何食べる？」

　いつの間にか隣に湊がいて、人混みの中でも声が届くように配慮してか、顔を近づけて話しかけてくる。顔が近いとどうしても意識してしまって顔が見れない。

「私は……かき氷食べたいな」

「了解、ここで待ってて」

　湊は近くの屋台で、私がリクエストしたイチゴと自分用のブルーハワイのかき氷を買ってきてくれた。

「ありがとう」

　湊と過ごすひとつひとつが、みんなと過ごすひとつひとつが、一生忘れられない思い出になる。これを幸せというのだろうか。

　みんなそれぞれ自分の好きなものを買うと、屋台の途切れた河川敷まで移動した。ここは隼人が知っていた穴場スポットだという。

「ここならゆっくり花火を見れるね」

　そう言って佳穂が、買ってきたりんご飴をかじる。

　私もかき氷が溶けてしまう前に食べなければ。いそいで食べると頭がキーンと痛くなって、思わず顔をしかめた。

「結愛、こっちも食べてみる？」

　隣にいた湊がブルーハワイ味を差し出してくる。

　湊はなにも考えていないのだろうけど、私はどうしても鼓動を速めてしまった。

　それを顔に出してしまわないように気をつけながら、湊のかき氷をいただく。

「湊もイチゴ味いる？」

　お返しにスプーンを差し出すと、それをためらいなく口に運ぶから、やはり意識してしまっているのは私だけみたいだ。

「……結愛、たこ焼き食べるか？」

　少し離れたところにいた隼人が私に問いかけてきた。

　その時。

　ドーンと大きな音が鳴って、チラチラと光が舞った。

　……打ち上げ花火。

「わぁ～。綺麗！」

　花火をこんなに近くで見たのははじめてかもしれない。

　今までは、会場から離れた場所から通りがかりにたまたま見たもので。

　打ち上げ花火ってここまで近くで見れるものなんだ。

　手を伸ばせば、届くんじゃないかと考えてしまうほどに。

　色とりどりの花火が次々に空に打ち上げられている。

　キラキラ、キラキラ………。

　花火の音は日頃のストレスや疲れを掻き消してくれるようで、不思議な心地よさを感じた。

「今まで見てきた花火より、綺麗に見えるのはなんでだろうな」

　私も同じことを考えていた。

　その答えはきっとこの5人で見ているからだと思う。

「来年もみんなで来ようね」

　佳穂の言葉にみんながうなずいた。

　来年、大学生になったら、私は家を出るつもりだ。この街からも離れるだろうし、きっとみんなとは会えなくなってしまうだろう。それでも、来年もみんなと来られたらいいな、なんてわがままなことを考える。

「なあ、結愛。いつかぜったい、俺たちのことを好きだって言わせてやる」

　花火を見つめて、ぽつりとつぶやいた隼人。

　私は目をぱちくりとさせた。

　どうしてそんなことを急に言いだすのだろう。

「好きだよ？」

「は？」

「だから、4人のこと好きだよ？」

「……え？　だって、おま、愛は信じてねえんじゃないのかよ」

「"愛"と"好き"ってぜんぜんちがうじゃない。このふたつは別物だから」

「俺にはわかんねえよ！　"好き"っていう感情を"愛"って言うんだろ？！」

「……隼人はバカだからわかんないんだよ」

「ああ？」

　"愛"と"好き"は紙一重のように思えてぜんぜんちがう。

　私はそう思う。

　どこがちがうの？と聞かれたら説明にこまるけど、確実に異なるものだと思うのだ。

「たしかに。僕も少しわかる気がする」

「私も」

「なんでみんなわかんだよ！」

「隼人はまだお子さまってことだろ」

「はあ？」

　隼人が湊をにらみつけるけど、正直ぜんぜん怖くないんだよなぁ。

　なんていうか、トラの子どもみたいな感じ。

「隼人」

「あ？」

「拓」

「はい？」

「佳穂」

「なあに」

「湊」

「…………」

「ありがとね」

　私の声にかぶせるかのごとく、ひときわ大きい花火の音が鳴った。

　もしかしたら4人には届かなかったかもしれないけど。

　でも、伝えたかったわけじゃなくて言いたかっただけだから、これでいいんだ。

　ドーンドーンと、花火はまだ上がっていく。

　そんな中、みんなに気づかれないように、湊がそっと手を伸ばして私の手をぎゅっと握った。

　私はその手のぬくもりと胸の痛みで、涙腺（るいせん）がゆるんでし

まわないようにじっとこらえた。

　湊はそんな私に気づいていたのか、こちらを見てくることはなく、ただずっと手を離さなかった。

第 4 章

XV　知らない女の子

　期末テストが終わって、夏休みに入った。

　私は夏祭りに行ったりして遊んでいたわりには、高得点を取ることができ、学年1位を維持（いじ）できた。オンとオフを切り替えて勉強したことで、かえって集中できたのかもしれない。

　長期休みになると、必然的に家にいる時間は増える。でも、お義母さんといっしょに過ごす時間は少しでも減らしたいので、学校の特別補習に申しこんだ。

　補習の授業自体は週に2、3回ほどなのだが、それ以外にも自習用にプリントを配ってくれるので、私はほぼ毎日登校して午後4時ごろまで図書室で勉強している。

　特別補習は志望大学のレベルなどでクラスが振り分けられており、"三人組"も申しこんでいたけれど、参加者が多かったこともあり、クラスはべつになった。

「ゆーあーちゃーん。遊ぼうよーう」

　机に向かっている私に、何度も何度も話しかけているのは佳穂である。

「高校生活最後の夏休みだよ？　楽しまなきゃソンだよ」

「高校生活最後の夏休みは受験の天王山（てんのうざん）でしょ」

　私に毎回遊びの誘いをしてくる佳穂は、補習を受けていないのに学校に登校している。

「高校3年生の夏休みっていうのは、勉強しない人のほう

が少ないぐらいなのに。佳穂は勉強しなくていいの？」

「私は推薦で大学に行く方向でかたまってるから、勉強は
そこそこでいいかなあ」

　佳穂は吸収する力が強いから、勉強すればもっと成績が
上がるだろうに、少しもったいない気がしてしまう。

「海でしょ？　山でしょ？　映画も見に行きたいし、肝だ
めしもしたいのに……。夏っぽいことしたいよお」

「教室のクーラーが効いてるって、とっても夏っぽいと思
わない？」

「そういう夏っぽさは求めてないっ！」

　その後もひたすらに私を遊びに誘い続ける佳穂。

　でも私はそれに応じることはなかった。

　正直、私だって遊びたい。

　だけど、今勉強しないで希望の大学に入れなかったらと
思うと、不安でたまらなくなるのだ。

「おーい、ふたりとも行こうぜ」

　夕方になると、べつのクラスで補習を受けていた3人が
私たちを呼びに来る。

　毎度毎度、目立つんだよなぁ。

　教室の扉の前に立つ湊の姿はほぼ毎日見ているけれど、
見るたびに胸がざわつく。

　それがなぜなのかはわからないから、困惑している。

　"三人組"はひとりひとりのオーラもすごくあるのに、3
人そろった時の破壊力といったらすさまじい。

「湊様だよ……！」

「本当だ。でも私、隼人くんのほうが好きだなぁ」

「私は拓さんかなっ」

　私の耳にはそういった女子の黄色い声が届くのに、3人はまったく気にしない様子で平然としている。慣れだろうか?

　それともぜんぜん聞こえてないの……?

「ねえ見て、香川佳穂もいっしょにいる」

「本当だ、懲りないよね」

「高野さんも最近ずっといっしょにいるしね」

　中には佳穂や私に対するウワサ話も聞こえてくるので、あまりいい気はしない。

「どうかした?」

「ううん、なんでもない」

「そうか」

　どうしても周りの反応が少し気になってしまうけど、なんとなく湊にそれは言えなかった。

　グラウンドに出ると、この暑さでも元気に活動している野球部の声が響いていた。

　夏真っ盛りの今は、この時間でも日が落ちる気配はなく、すごく暑い。

　どこまでも続く青い空がイヤになりそうだ。

「入道雲だ～」

　反対に佳穂は楽しそうにそう言う。

　私と佳穂は驚くほど正反対。

いい意味でも、悪い意味でも。

強い日差しの中を歩いて、校門にたどり着いた時には首筋に汗が伝っていた。

手で汗を軽くぬぐいながら校門に目をやると、ひとりの女子高生に焦点が合う。

……だれだろう？

その子の制服は、隣の駅にある超お嬢様学校のもの。

校門にもたれかかってスマホをいじる彼女は、華奢で、華やかな顔立ちで、モデルと言ってもおかしくないぐらいの美少女だった。

そんな女の子がなぜうちの学校に？

疑問を持ちながら校門に近づいていくと、女の子がこちらを見て、それはそれはかわいらしい笑顔を浮かべた。

……え？　なに？

そしてハッキリとこう言ったのだ。

「久しぶりね、湊くん！」

彼女の甘い声が私の脳内をやたらとぐるぐる回る。

この子は、だれなの？

でも頭の上にハテナを浮かべているのは私だけで、佳穂も隼人も拓も、この子のことを知っているみたいだった。

「3人も久しぶり！　元気だった？」

「うん、お前も元気そうだな」

「ははっ、私はすごく元気だよ〜。最後に会ったのは去年の年末のお食事会だっけ？」

知り合い？って言ってもすごく仲がよさそうだ。

　湊は彼女が来ていることを知らなかったらしく、おどろいた表情を見せる。
「湊くん、いつもこのくらいの時間まで学校にいるっておじさまから聞いたから、来ちゃった」
　湊が「久しぶり」と返答すると、その子はうれしそうに笑い、湊の腕に自分の腕をからめた。湊はされるがままだ。
　その時、彼が私をちらりと見たような気がしたのだけど、気のせいだろうか？
　そして、
「はじめまして！　あなたが結愛ちゃん？」
　湊にぴったりとくっついたまま女の子は笑顔を向ける。
　どうして私の名前を知っているのだろう。
　そんな考えとともに、この光景を目の当たりにして私のカンが働く。
　何となく、いや、ほぼ確実に……。
　急に頭がぼうっとして、胸が無性に苦しい。
　呼吸をするたび、胸が痛くなって、時間なんて早く過ぎ去ってしまえと思う。
　あんなに大切にしていた、みんなとの貴重な時間なのに。
　早く過ぎてほしい。
　"今"なんて、いらない。
「…………」
　口が開かなくて、どうしようもないのに、どうにかしたいと考えた。
　こういう時に私は、何て言うのが正解なんだろう。

「湊くんがお世話になってます。私は湊くんの──」
「実波、やめろ」

　女の子の自己紹介をさえぎって、湊が少しせっぱつまっ
た声音で言う。

「また今度、ふたりで話そう」

　彼女の名前を呼んだ声を聞いて、ふたりで会おうと誘っ
ているのを聞いて、ズキンと胸が痛んだ。

　でも少し助かった部分もある。

　自己紹介の続きは聞きたいのに、聞きたくない。

　彼女は湊の何なのか。

　私の考えが当たりそうで、恐怖を覚える。

「そっかぁ、ごめん。出直すね。バイバイ！」

　女の子は表情こそ眉を下げたけれど、まったく悪びれて
おらず、余計に私の胸を締めつける。

　別れがあっさりとしすぎなのが、気になる点だった。

　ダメだ、知ったらダメだと直感が告げているのにすごく
気になる。

「結愛……」

　ひとり、もんもんとしながら無言でいると、湊がつらそ
うな顔で私を見てきた。

　どうして湊がそんな顔をしているの？

　それは私がするべき表情のはずだ。

　私は覚悟を決めて湊に聞くことにした。

「湊、あの子って……」
「……あいつは、」

　だけど、やっぱり聞くべきじゃなかったのかもしれない。

「婚約者、っていうやつかな」

　冷水を浴びせられたような気分だった。

　現実を見せられた。

　泣きそうなのに、思わず笑ってしまいそう。

　今の私の姿は、あまりにも滑稽すぎる。

　何を勝手に決めつけていたんだろう。

　彼は有名な財閥の御曹司。

　婚約者がいたって不思議じゃない。

　ふたりの将来はきっと固く約束されたものなのだろう。

　こういう世界に抗えない部分もあるのだと、はじめて思い知った瞬間だった。

　だけど今、たった今、このタイミングで、わかってしまった。

　私の中で、ずっとずっと渦巻いていた、湊に対する感情の正体に気づいてしまった。

　なんで、なんで今なんだ。

　バッドタイミングにもほどがある。

　私は制服のスカートの上で、拳をぎゅっときつく握りしめた。

「婚約者なんていたんだ」

　日々鍛えられてきたポーカーフェイスによって、動揺は隠すことができている。

　よかった。

　この時ばかりは、今までそれなりに苦労してきた日々も、

かわいいものに思えた。

「……もともと親同士が仲良くて、それで親に決められた相手なんだ」

「なんていうか、陳腐だね」

「確かにそうかもな」

　私はもう、皮肉を言うしかなかった。

　ポーカーフェイスを維持していても、心の内は悲鳴を上げていた。

　湊との思い出が走馬灯のようによみがえる。

　もうイヤだ。

　私はうつむいているから、今、湊がどんな表情をしているかはわからない。

　見たくない。

　視界もせまくなっている気がする。このまま倒れてしまいそう。

　自分の気持ちを落ち着けようと、ふうっと息を吐いたが、状況はまったく変わらなかった。

　バクバクバクと心臓のイヤな音が私の中でこだまする。

　その音すら聞きたくなくて、耳をふさいで叫んでしまいたくなった。

　私は、湊に何を望んでたっていうんだ。

　湊の言葉に甘やかされて、自分のことをわかってくれるなんて思ったことが、急に恥ずかしくなった。

　なんでショックなんか受けちゃってるんだろう。

　所詮私は、湊の"友達"にすぎなかったんだ。

　こんなことなら、むしろ最初から関わらないでくれたら、優しくしないでいてくれたらよかった。

　そうしたら、3人のことも嫌いなままでいられて、このことを風のウワサで聞いたとしても「ふうん」程度にしか思わなかったはずなのに。

　今となっては、湊の優しさも、苦しくてつらいだけ。

　胸が苦しくて、すうっと大きく息を吸ったところで、私は顔を上げた。

「でも、結愛……俺は——」

「ごめん、私帰るね」

「え、」

　4人に背を向けて歩きだすと、うるさいぐらいの蝉（せみ）の声が耳に入ってきた。

　いつもはうざったく感じるノイズも今日はありがたい。

　後ろから湊が私の名前を呼んでるような気がして、それを振り払うために深く深く、呼吸をした。

　ああ、もうぜったいに戻れない。

　——私は、湊のことが好きだ。

XVI　正解はどれ

　ひと晩寝ると、翌日に物ごとをべつの視点から考える人。

　私は、そのひとりである。

　ひたいに手を当て、重いため息を吐いた。

　昨日は、完全にやらかした。

　感情を出しすぎだ。

　まわりが見えなくなるって本当に怖い。

　もっと冷静でいなくては、と思う。

　急に逃げだした私を見て、4人はどう思ったのだろう。

　きっと、不審に感じたはず。

　どんなに取りつくろったって、隠しきれないものがあった。

　そういう考えが昨日の時点で思い浮かばないあたり、頭が相当イっちゃっていた。

　昨日のことを一刻も早く忘れたくて、今日は早めに学校に来て勉強に逃げた。私には勉強しかなかった。

　シャーペンを握り、問題に向き合う。

　なのに問いの内容がまったく頭に入ってこない。

　これじゃ、ぜんぜんダメじゃん。

　頭の中が、昨日のことでいっぱいいっぱいになっていると実感した。

　やめてしまいたい。

　そう心の中でつぶやいてみても、やめることはできなく

て、ただひとり私は高い高い門の前に立たされたような、そんな気持ちだった。

　私にはその高い門扉を開く方法を知らなければ、乗り越える勇気もなく、勝手にテンパって勝手に過呼吸になっている。

　息つぎのしかたさえわからなくて、どうしようもなくなった。

　苦くて苦くて、苦いだけの何かが胸の奥から湧き上がってきて、しんどい。

　どうにかふたをして、押しこめてしまいたい。

「——結愛ちゃん？」

　気がつくとそこには佳穂がいて、心配そうに私の顔をのぞきこんでいた。

　きっとひどい顔をしていたんだろう。

　まわりにほかの生徒はもういなくて、補習が終わってしばらく経っていることを察知する。

「……昨日のこと、気にしてる？」

　遠慮がちに聞いてくる佳穂。

　もしかして私の気持ちはバレてるのだろうか。

　返事をしない私に続けて佳穂は言う。

「あのね、財閥みたいなところでは、親が決めた婚約者がいるのは、めずらしいことではないんだ」

「……そうなんだ」

「でもね、その人とは結婚しない人も多いんだよ。だからそんなに気にしなくても大丈夫だよ」

「…………」

　佳穂が言っていることは本当のことだろうか。佳穂がうそをついているとは思わないけど、信じて期待しそうになるのが怖い。

　沈黙の中、佳穂のスマホの通知音が鳴り響く。

「……結愛ちゃん、拓くんたちの補習がまだ長引きそうなんだって」

「じゃあ先に帰る？」

　考えるより先に出た言葉は、湊と顔を合わせなくて済むという逃げの気持ちから。

「え、でも、待ってたほうが……」

「帰るぐらい、ふたりでも大丈夫でしょ」

「……そ、そうだね！」

　とまどいつつも了解してくれた佳穂に、ホッとした。

　もし今、湊に、三人組に会ったら、"通常運転"でいられる自信はない。

　何を言いだすかわからない自分がいる。

　かなり重症かもしれない。

　校門前まで行くと、黒い車が止まっていて、中から昨日と同じ女の子が降りてきた。

　あらためて見てみると、やっぱり美少女。

　校門にもたれかかっている姿はとても絵になっていて、そこだけ別世界のよう。

　率直に言って、今見たくなかった。

「あ、佳穂ちゃんと結愛ちゃん！」

　女の子が私たちに気がついて、手を振る。

　同時に、ウェーブのかかった色素の薄い髪と笑顔が揺れた。

　私はその女の子から目が離せない。

「昨日ぶりだね！」

「う、うん。あのね、湊くんもうちょっと時間がかかるみたいだよ」

「知ってるよ！　ちゃんと湊くんから連絡来たから」

　ズキン、と些細（さきい）なひと言で胸が痛む。

　婚約者だもんね。

　湊と連絡取り合ってるのなんて、当たり前なのにね。

　私は最近あまり連絡したりしていないから、変な嫉妬（しっと）をしてしまう。

「でもね、今日は湊くんに会いに来たんじゃないの」

「え？」

　イヤな予感がする。

「あ、ちょっとだけうそついたかも。もちろん湊くんにも会いたかったんだけどね。一番の目的はちがうの」

　こういう時、イヤな予感ほど当たるってことを、私は知っている。

　いいことを予想してもぜんぜん当たらないのに、むしろ"いいこと"を直感することは少ないのに。

　"悪いこと"は第六感が機敏（きびん）に働いて、たくさん命中させる。

「今日は結愛ちゃんとお話したくて。湊くんから、結愛ちゃんが夏休みも毎日学校に来てるって聞いてたから、待ちぶせしちゃった」

　湊の"婚約者"は私を指さして、にこりと笑った。

　かわいらしい笑顔になぜか恐怖を感じる。

「あっちにいい雰囲気のカフェがあるから、そこでお話したいの。ダメかな？」

　彼女はかわいらしく首をかしげ、甘い匂いを漂わせる。

「いいですよ」

　私はそれに負けじと、お得意の完璧な微笑みを見せてやる。

　かわいさという点では完全に私の敗北なのだけど。

「やっぱり佳穂は、拓たちを待っていっしょに帰ってね」

　さすがに佳穂をひとりで帰すわけにはいかないので、そう告げて彼女について行った。

　心配そうに私を見つめる佳穂の姿が目に映った。

「う〜ん、何頼もっかなぁ。あ、結愛ちゃんも頼んでいいよ！」

　カフェに入るなり、メニューとにらめっこする彼女。

「あの、私の名前……なんで……」

「ああ！　前に湊くんから聞いちゃったの！　私は河合実波だよ。よろしくね、高野結愛ちゃんっ！」

　天使のような笑みを浮かべる実波さんに、あいまいな笑顔を返した。

　何を考えているのか、わからない。

「よし！　これ頼もっと！　結愛ちゃんは決まった？」

「あ、はい」

「オッケイ！」

　実波さんは、「すみませーん」と店員さんを呼んで、ミルクティーのケーキセットを注文した。

　私はすでに、この空間にいることで胸が苦しくて何も受けつけられなかったけど、とりあえずストレートティーを頼んだ。

　店員さんがカウンターの奥に消えると、実波さんは向き直り、じっと私の目を見つめる。

「ね、湊くんってカッコイイと思わない？」

「……は？」

　とうとつにされた質問に、おどろきを隠せなかった。

　今の私にとって湊の話題は、爆弾でしかない。

「私は世界一カッコイイと思ってるんだ！　我ながら最高の婚約者を捕まえたなって思うの」

「……そう、ですね」

「湊くんとは昔からよくパーティーとかでお会いしてたんだけど、私はひと目ぼれでね、ずっと片想いしてたんだぁ」

「…………」

「だから婚約者になれた時は死ぬほどうれしくて……、今はすっごく幸せっ！」

　グサリと、彼女の言葉が胸に刺さる。

　この様子では、婚約がなくなるなんてことはなさそうだ。

　どうしても、真っ黒で汚い感情が出てくるのを抑えることはできなかった。

　彼女からあふれ出るふわふわとしたピンクのオーラのせいで、よけいに自分が汚れているように思えた。

「湊くんって優しいし」

　知ってるよ。

「勉強も仕事もできて」

　それも知ってる。

「会いたいって言ったらすぐに会いに来てくれるし」

　もうやめて。

「私の自慢の婚約者。大好きで大好きでたまらないの」

　やめてよ………！

　ちゃんとわかっていた。

　いや、わかっているつもりだった。

　実波さんと私の差ってものを。

　現実に突きつけられると、目の前が真っ暗になって行き場を失くしてしまう。

　私の気持ちはどうすればいいの？

　湊への想いは……？

　せめて気持ちだけでも伝えたいとか、甘い考えは捨てるべきと悟る。

「お幸せに、」

　彼女の前では強がりたくて、自分の感情がバレないようにと、うそをついた。

　すると、彼女はきょとんとして、それから安堵の表情を

浮かべる。

「よかったぁ。結愛ちゃんが湊くんのこと好きだったらどうしようって、心配してたんだぁ！」

　そのひと言に胸をえぐられる。

　ああ、わかっていたんだ。

　全部知られた上で、この話を聞かされていた。

「じつはね、前に湊くんと結愛ちゃんがふたりで歩いてるところを見ちゃって、その時から不安で不安で……。ほら、結愛ちゃんって美人さんだし」

　眉を下げ、困ったように笑う実波さんがゆがんで見えた。

"湊くんは私のだから、取らないでね"

　そう言われたみたいな気がした。

　めまいがする。

　吐き気がする。

　どうしたら治る？

　息もうまく吸えてるかわからないし、脳も正常に動いているかもわからない。

　ただただ、実波さんと話しているこの空間が怖いと思った。

「ごめんねっ。私そろそろ行かないと」

　さんざん話し続けたあげく、彼女はそう言って席を立った。

「またお話ししようねっ！」

　「ここは私の奢りだから」と伝票を持って去っていく実波さんをぼうぜんと眺めながら、もう二度と話すことがな

いようにと祈った。

　彼女は、私の持っていないものを、欲しいものを、持ちすぎている。

　それが悔しいぐらいうらやましかった。

　とてつもなく輝いて見えた。

　フラフラとした足取りでカフェを出れば、お店の前に隼人が立っていた。

「そんなところで何してんの」

「それはこっちのセリフ。河合実波と何してんの」

　彼の口ぶりと表情で、怒っていることがわかった。

「べつに、話してただけだよ」

「何をだよ……ってだいたい想像つくけど」

「…………」

　やっぱり、隼人は私の知らない湊と実波さんを知っている。

　だから、今回のことだって……。

「結愛は、それでよかったのかよ」

「何が？」

「湊のことが好きなくせに」

　その瞬間、私は確実に息が止まっていた。

　隼人はこういうことに鈍そうだから、ぜったいに気づいていないと思っていたのに。

「……好きじゃないよ」

　うそをつくために動かした喉はなぜか痛くて、涙が出そ

うになった。

「うそつくなよ。そんなんすぐわかるし。俺は結愛のこと見てたからわかる」

「……え？」

「俺は結愛のことが好きだよ」

「……へ？」

自分の耳を疑った。

ありえない隼人の発言に、思考回路はあっけなくフリーズさせられる。

「……私も好きだよ？」

やっとのことで口から出てきたのはそんな言葉。

私のカンちがいであればいいって、失礼なことを考えたりして。

「そうじゃなくて。俺は恋愛的な意味で結愛のことが好きなんだよ」

だけどそんな考えは速攻くずされる。

「うそ、でしょ……？」

「こんなうそつくわけないだろ。結愛が傷つくところ、もう見たくない。俺にしろよ」

隼人が私の目をつらぬいて離さないから、まっすぐな思いが伝わってくる。

「ごめん、私、」

「早いよ、お前」

「隼人の気持ちには応えられない」

傷ついた顔をする隼人に、私の発言が正解だったのか、

不安になる。

　そんな顔されたら……、困るよ。

「まあ、振られるのはわかってたし！　べつに大丈夫だから」

「隼人、」

「単なる俺の自己満だし、気にすんなよ」

「……うん」

　私には、隼人が自分に重なって見えて、きつかった。

　尋常じゃない息苦しさで窒息しそうだった。

「それより、お前は自分の気持ちに素直になれよ」

　自分は用があるから先に帰れ、と手を振り去って行く隼人を見て、やるせなさが濁流のように押し寄せてくる。

　どうして、こううまくいかないんだ、と。

　隼人、私は自分の気持ちに十分素直になってるよ。

　でもね、この気持ちを告げることは、たぶん一生ないと思うよ。

　もう見えなくなった背中に、さっきの返事をした。

XVII　心の距離

　私と4人の間に距離ができた。

　というか、私が一方的に作ってしまった。

　湊の顔を見るのがつらかったからだ。

　補習のあとは溜まり場には行かず、図書室に行って毎日を過ごしている。

　佳穂はあいかわらず会いに来るけど、補習後は来ないように伝え、授業が終わった瞬間に教室を出る。

「結愛ちゃん、この前、実波ちゃんに何か変なこと言われた？」

「ううん。実波さんが湊の婚約者だっていう話をしただけだよ」

「……実波ちゃんが言うこと、ぜんぶを真に受けちゃダメだよ。湊くんを信じて。湊くんとちゃんと話をしようよ」

　佳穂は私を説得して溜まり場に連れて行こうとしたけど、私がそれに従うことはなかった。

　さみしそうな顔を見ると心が痛かったけど、戻ることはできない。

　私は恋愛初心者だった。

　だから今の状況で、何をすればいいかわからないし、湊とどう接したらいいかわからない。

　だけど、自分が隼人にどれくらい残酷なことをしたのかはちゃんとわかっている。それが足枷になっていることも。

　私にはこういった経験値がないから、割り切るということができなくて、つい悩んでしまう。

　私の選択はまちがっていなかったか。

　湊は今何を考えているだろうか。

　おかげで机に向かっても、勉強にはまったく手がつかない状態。

　"受験生に恋愛は禁物"と言われる意味が、今さらながらよくわかる。

　夏の間に模試があるけれど、成績をキープできるかどうかも危ういのは理解してる。

　しっかりしないと、と焦燥にかられる日々。

　だから私は早々に予定を詰めこんだ。

　不安を掻き消すように、何も考えないように。

　私にはそれしかなかった。

　湊からは連絡がたびたび来るけど、無視している。通知も切っているので、どんな内容が送られてきたかも知らない。知りたくない。

　実波さんとはたまに会うことがあった。

　湊を待っている湊さんと校門の前で顔を合わせたり、偶然、街で会ったりした。

　どういうわけか、実波さんは私に会うたび「結愛ちゃん」と笑顔で手を振ってくる。

　私は軽く会釈をしてかわす。

　やめてほしかった。

　だって、実波さんの顔を見ると胸がきしむから。

　あの輝くような笑顔には勝てない。自分を見失いそうになる。

　湊を避けてから一週間以上が経ったころ。
「結愛」
　補習を終えて昇降口へ向かう途中、校舎内で湊に呼び止められた。
「ずっと話がしたかった」
　優しい声音が私の心を揺さぶる。
「なんでずっと俺のこと避けてるんだよ」
「……避けてないよ」
「避けてるだろ。連絡も無視してるだろ」
　少し強くなった口調に体がびくりとする。
「俺は結愛とこんな風になりたくない」
　じゃあどうしろって言うの？
　前みたいに湊と関われば、私の心はきっと完全に壊れてしまうだろう。
「無理だよ……」
　発した言葉は思った以上に弱々しかった。
「だれかに何かされた？」
　そう言って私の顔をのぞきこむ。
　ほら、そういうところ。
　そういうところだよ。
　私がカンちがいしちゃいそうになる、思わせぶりなところ。

「もっと頼れ」

　……なんでそんなこと言うの。

　もう、なんでかな？

　頼れるわけないじゃん。

　もうすぐほかの女の子と結婚する人に頼るほど、私は無神経じゃない。

　実波さんの想いを踏みにじるようなマネはしたくない。

　だから湊の助けなんかいらないのに。

　自分の気持ちをがんばってコントロールしようって、無理やり押しこめているのに、湊はその努力をいとも簡単にくずす。

　こんなの私がバカみたいじゃん。

「湊の助けが必要なことなんてないから」

　病気は耐性がつくのに、恋は耐性なんかつかないみたい。

　ズキズキ胸を痛め、ズブズブと湊にハマっていく。

　水に溺れる感覚ととても似ている。

　溺れると苦しくて、息を吸おうと口を大きく開けるともっと苦しくなる。それの繰り返し。

　そしていつか死んでしまうのではないかと、思ってしまう。

　私は上手に泳げる人がうらやましい。

　うらやましくてしかたない。

　好き。

　好きだよ、湊。

　湊の優しいところとか笑顔とか、だれよりもまわりに気

を配っているところとか、ちょっといじわるなところとか。

　すべて丸ごと、大好きなんだよ。

　でも、湊のベクトルが私に向いていないことを知っている今。

　もう、あきらめるから。

　無理にこっちに向かせようとかしないから。

　これ以上、カンちがいさせないで。

　好きにさせないで。

「——最近、ひとりで帰ってるみたいだけど、平気なのか？」

「うん、だいじょうぶ。図書室に寄ったりしてるから、ひとりのほうが都合いいの」

「勉強しすぎだろ。体も心配だし、」

「健康だから安心して」

　湊が本当に心配してるみたいな顔をするから、私はかぶせ気味に話した。

「湊も、実波さんと忙しいんでしょ」

　あ、と思った時にはもう遅い。

　ぜったいに出すまいとしていた、実波さんの名前を言ってしまった。

「結愛、そのことなんだけど」

「いいよ」

「……なにが？」

「私に話さなくてもいい」

　苦しい。痛い。つらい。

　自分で地雷踏んじゃって、まさにアホ。

「でも、俺が話したい」

「ごめん、聞きたくない」

　湊が話そうとしていることが、私にとっていいことか悪いことか、わからないけど。

　聞いたら終わりな気がして、聞けなかった。

「結愛、」

「本当にごめん。また今度聞くから」

　もう少し時間をくれたら、決心がつくと思うし。

「この前、実波さんと話したの」

「は？」

「実波さんって、いい人だよね」

　敵に塩を送るってこういうことを言うのかな。

　っていうか、そもそも私は敵になれてるのかな。

　"いい人"の仮面を被らなければこの状況に耐えられない。

「実波と何を話したの？」

「湊と実波さんのことに決まってるじゃん」

　当たり前のことを聞かれるので、少しイラついた。

「実波さんの婚約者なのに私にかまわないで」

「……ごめん」

　それはどういう意味の"ごめん"なんだろう。

　婚約者がいるって言ってなかったことに対して？

　実波さんという婚約者がいながら、私に思わせぶりな態度を取ってことに対して？

　私の気持ちには応えられないってことに対して？

「でもやっぱり俺の話を聞いてほしい。ちゃんと、一から
ぜんぶ話すから」

「…………」

「約束して。今度必ず、俺の話聞くって」

「うん、わかった」

　湊はどこまでもズルい男だ。

　約束なんてしてしまったら、私は逃げられないとわかっ
ているんだろう。

　私は湊に背を向けて、昇降口へ向かった。

　勉強しよう。勉強しなきゃ。

　いそがないと勉強時間が減ってしまう。

　だけど、廊下の角を曲がり湊から見えなくなったところ
で、力がふっと抜けてしゃがみこんだ。

　奈落の底というものがあるのなら、いっそ落ちてしまい
たい。

XVIII　私の守ってきたもの

　天気予報では晴れだったのに、空にはぶ厚い真っ黒な雲が立ちこめ、やがてザーザーとバケツをひっくり返したような雨が降り始めた。

　私は携帯している赤い折りたたみ傘(がさ)を取り出した。

　街の人々は足早に歩みを進め、とつぜんの雨にうんざりとした表情だ。

　でも私は、この天気が嫌いじゃない。

　むしろ雨は好きだ。

　暑さがゆるむし、イヤな音は消してくれる。

　それにこの湿(しめ)っぽい空気も、太陽に熱されたコンクリートが濡(ぬ)れた時の匂いもけっこう好き。

　自分が濡れるのはあんまり好きじゃないけど。

　学校の補習が終わった今、急ぎ足で帰宅している。

　今朝、少し体調をくずしていたお義母さんに、帰ってきたら家事を手伝いなさいと言われたからだ。

　その声は、あいかわらず氷なんかよりも冷たくて抑揚(よくよう)もなかったけど、私はお義母さんの手伝いをできることが、うれしかった。

「ただいま」

　玄関には乱雑に脱ぎ捨てられたパンプスがあった。

　私はパンプスをそろえて、その隣に丁寧にローファーを脱いだ。

　「おかえり」の声はなく、ひと息吐いてリビングの中へ入っていく。

　お義母さんはソファに横になり、スースーと寝息を立てていた。

　まだ起きそうもないお義母さんに、押し入れから出したタオルケットをかけてあげた。

　ふと窓に目を向けるとまだ雨は降っていて、洗濯物が雨ざらしになっている。

　洗濯し直さなきゃ。

　あわててすべて取りこんで洗濯機に入れると、スイッチを押した。

　リビングに戻ると、お義母さんはもう起きていて、ソファに座っていた。

「お義母さん、ただいま」

「ああ、あんたいたの」

　冷ややかなその言葉はもう慣れたものだけど、やっぱり胸が痛む。

「お義母さん、あのね。雨降ってきて、洗濯物がぜんぶダメになっちゃったから、洗い直したよ」

「ふうん。てか、もうこんな時間？　夜ごはん作らないといけないじゃん。早く起こしてよ」

「ごめん。疲れてるのかなって。……今日は私が作ろうか？」

「いい」

「でも、」

「いいって言ってんでしょ！」

　私をにらみつけるお義母さん。

　少しつっこみすぎたかなと反省した。

「………ごめんなさい」

「はぁ。あんたは謝ることしかできないの？」

「え、」

「毎回毎回"ごめんなさい"しか言わないけど。本当に反省してんの？」

「……反省してるよ」

「うそつけ！　私を悪者にしたいだけだろ！」

　お義母さんの瞳孔が開いたのを見て、またやってしまったと思った。

　──パンッ！

　続けて受ける衝撃に耐えきれず、私は顔面から倒れていった。

　手をついたから顔を強打するのは免れたけど、全身が痛い。

「あんたさえいなければ！　あんたさえいなければよかったのに！」

　お義母さんがヒステリックに叫ぶ。

　クッションとかコップとか、そこらへんにあるものを手当たり次第投げつけられるのだから、もう何が何だかわからなくなった。

　私だって、私なんていなければよかったのに、って思うことはあった。

　今だって思ってる。

「おかっ、さ、ん」

　本当に、

「やめっ、」

　何のために私はいるんだろう。

「育ててやった恩も知らずにっ！」

　ごめんなさい。ごめんなさい。

　何回謝ったら、許してくれるだろう。

　ゴンッとかなり大きな音がして、頭に勢いよく何かが当たった。

「いった、」

　めまいがする。

　床がぐるぐる回転してる。

　それでもお義母さんが止まってくれる気配はなくて。

「ジャマなんだよ!!」

　その時、

「お母さん、何してるのっ」

「り、梨奈？」

　お義母さんのとまどった声が聞こえる。

　お義姉ちゃん……？

　なんでここにいるの？

「結愛！　だいじょうぶっ!?」

「ちがうの……。ちがうのよ！　梨奈！」

「何が!?　何がちがうの!?」

「この子が、私を母親にしてくれないから……結愛がっ！うわあああああああああ!!」

　壊れたように叫び声を上げるお義母さん。

　私が目を見開いたその瞬間、お義母さんは近くに落ちていたリモコンを振りかざした。

「お、お義父さんっ！　早く来て！　お母さんがっ!!」

　お父さんを呼ぶ、お義姉ちゃんの声が、どこか遠くに聞こえる。

　お父さんも、来てたんだ……。

　でももう、止められないと悟った。

　お義母さんがきつく握っているリモコンは、もう目の前まで来ていて、逃げられそうもなかったから。

　ゆっくり、ゆっくり――。

　それはスローモーションのように見えた。

　瞳が真っ黒の怒りに満ちた、お義母さんの顔が見える。

　あせったお義姉ちゃんとお父さんの顔が見える。

　私は、どうなっちゃうんだろう。

　どれぐらい痛いのかな。

　まさかとは思うけど、死なないよね。

　音は聞こえなかったけど、頭部に痛みだけは感じて。

　でも、体にはお義姉ちゃんのぬくもりを感じて。

　私の意識は、そこでフェードアウトした。

　＊＊＊

『……あちゃん、結愛ちゃん』

『…………』

『結愛ちゃん、こっち向いて？』

　気がつくと、目の前に小さいころの私とお義母さんがいた。

『結愛ちゃんは私のこと嫌い？』

『……きらい』

『そっかぁ、そうだよね。いきなり知らないおばさんがお母さんになるって言われても嫌だよね』

　まだ若い、三十代前半だったお義母さんは高校生になった今考えてみると"おばさん"ではない。

　お義母さんが、私に、小さい私に寄り添おうとしているのがひしひしと伝わってくる。

　あれ？

　私って最初は、お父さんとお義母さんの結婚に反対してたんだっけ？

　なんで反対してたんだっけ？

『ね、結愛ちゃん。おばさんと公園行かない？』

『こうえん？』

『うん。お外で遊ぼうよ』

『いいよ』

　小さい私とお義母さんが手を繋いで、公園へ歩いて行く。

　こんなことが実際にあったのだろうか。

　公園に着いた私たちは自然と繋いだ手を離して、鬼ごっこをしたり、ブランコしたりして遊んだ。

　始めはブスっとしていた私の顔も、だんだん笑顔に変わっていく。

『結愛ちゃん。結愛ちゃんは私のこと嫌いかもしれないけ
どね、私は結愛ちゃんのこと好きなんだよ』

『…………』

『だから、結愛ちゃんのお母さんになりたいんだ』

『どうして、ゆあのことがすきなの？』

　私の問いかけにお義母さんが困ったように笑う。

『うーん。どうしてかなぁ。……たぶん、彰久さん、結愛ちゃ
んのお父さんと彼が愛した人との子どもだから。きっといと
おしいのよ』

　うそか本当かわからない世界が、私の目の前に広がって
いる。

　このお義母さんは、ホンモノなの？

　だってこんな優しく私に笑いかけてくれるなんて、信じ
られない。

　どこからどこまでが真実で、どこからどこまでが幻想な
のか。

　私には小さいころの記憶はこれしかないから確かめよう
がない。

『難しい話だけど、結愛ちゃんは賢い子だからわかるか
な？』

　それからお義母さんは、私の頭を優しく撫でた。

　綺麗な微笑みを浮かべながら。

『きらい……じゃない』

『え？』

『おばさんのこと、きらいじゃないよ』

　お義母さんは、目を細めてうれしそうな表情になって。

『そっか』

　って言うから、私は顔を赤くして下を向いた。

　ああ、これがもし現実に起きたことならば、いつからお義母さんは変わってしまったのかな。

　私が変えてしまったのかな。

　いつまでもかわいげのない子どもで、飽きられてしまったのかな。

　わからないなあ。

　お義母さんの笑顔が遠く遠く、離れていく。

　もっとこうしてれば、ああしてれば。

　後悔は止まらない。

　後悔しても過去は変わらないのに。

　うそか本当かわからない世界で、私の涙がポツリ。ひとしずく落ちた。

最終章

XIX　静かな別れ

　今日も、シトシトと雨が降っていた。

　私は補習に行ったあと、久しぶりに溜まり場に来ている。

「結愛ちゃん、ここわかんない」

「どれ？」

　それは、佳穂の夏休みの宿題を手伝うためでもあるし、4人に別れを告げるためでもある。

　私は、この街から去ることになった。

　あの日、私が意識を失っている間にお父さんとお義母さんは話し合い、ふたりは離婚することになった。

　お義母さんは、二度と私に近づかない約束もしてくれた。

　正直、お義母さんの顔を思い出すだけで、震えてくるし、息苦しくなる。

　私はお父さんの単身赴任先である街に引っ越す。

　心底ホッとした。

　高校三年生のこの時期で転校というのは、なかなか困難なのだけど、学校側と話し合ってなんとか取り合ってもらえた。

　先生たちは学校の実績に関わるので、成績トップの私が去ることに残念そうな顔をしたけれど、今回のことが学校中に知れ渡る前に、ここを去りたいのだ。

　家族を壊してしまうことで、お父さんを悲しい思いをさせてしまうのではないかと思い、最初は離婚することを止

めた。

　でもお父さんに促されて、少しずつであったけど、ずっと言えなかったお義母さんにされたことやお義母さんに対する気持ちを話すと、お父さんは迷うことなく離婚に踏み切った。

　こんなことならもっと早く訴えるべきだった。

　それと、もうひとつの一刻も早く去りたい理由は、湊の近くにはいられないから。

　この街を出ることをお父さんに提案された時、すぐに賛成した。

　だって、湊と実波さんを見たくない。

　忘れようとしても、掻き消そうとしても、どうしたって好きなんだもん。

　友達なら応援すべきなんだろうけれど、無理だ。

　近くにいたら複雑な気持ちになってしまうから。

　これ以上、そばにいられない。

　この数日の間でも、湊と実波さんの姿を何回か見た。

　胸が張りさけそうになって、痛くて。

　この場所からいなくなりたいと思った。

　私は湊と実波さんから逃げようとしている。

　けど、この答えがまちがっているとは思っていない。

　ジャマ者が消えることでふたりが幸せになるかもしれない。

　ふたりが私にとらわれなくて済むかもしれない。

　だから、

「結愛？」

　私は、

「どうした？　ぼうっとして」

「え？　……べつになんでもない」

　せめて今日まで、湊への気持ちを押しころさなければならない。

　私を不思議そうに見る湊。

　湊の瞳に私が映ることはもうないんだな、と思うとさみしさと切なさがこみ上げてきた。

　胸の奥から、苦いものがあふれ出てきて苦しい。

「結愛ちゃん、今日は何ケーキにする？　イチゴのショートケーキ？　それとも季節のパイナップルケーキ？」

　満面の笑みを浮かべる佳穂の顔も、もう見られなくなる。

「半分こしよう、佳穂」

　笑いかければ、佳穂はうれしそうに目を輝かせる。

「うんっ！」

　知らないうちに、いつの間にかここが心地よくなってたなあ。

　居心地よすぎて、離れるっていう決断が鈍りそうになる。

　ケーキのお供である紅茶は、ふだんは佳穂が出してくれるけど、今日は私に淹れさせてもらった。

「おいしい！　おいしいよ、結愛ちゃん！」

「そう？　よかった」

「結愛ちゃんがまた、溜まり場に来てくれるようになってうれしい！」

　いつも以上に楽しそうな佳穂から目線をすべらせて湊を見ると、目が合って微笑み合う。

　そこでやっと決心がついた。

　4人に知らせることなくここを去ろうと。

　少し話すと、ぜんぶを打ち明けてしまいそうで、気持ちが揺らぎそうだから。

　湊への気持ちもすべて吐き出してしまいそうだから。

　湊と実波さんを応援できそうにもないから。

「ごちそうさま。そろそろ帰るね」

「えっ、もう？」

「うん。今日は家に帰ってやることがあって」

　引越しの準備とかね。

「次はいつ来れそう？」

「うーん。まだわからないな」

「結愛ちゃんもいそがしいもんね。私、待ってる！」

「ごめんね」

「いいのいいの！　けど、なるべく早くね。待ちくたびれちゃうから」

「……うん」

　うそばっかり。

　もう来られないのに。

　佳穂ははじめてできた本当の友達だから、なにも言わずに去ることに、申しわけない気持ちがあった。

「結愛、送る」

　湊がソファから立ち上がろうとする。

「いい」

「は？」

「今日は迎えが来るから」

　キッパリ断ると、納得がいかないという顔をする湊。

　もちろん、迎えが来るというのはうそだ。

　湊。湊が優しくするべき相手はちがうんだよ。

　私じゃないんだよ。

　本当にこうやって言えたらどれほどよかっただろう。

「じゃあね」

「おい、」

「何？」

「また今度な」

「……さよなら」

　私は、湊に"また今度"とは言えなかった。

　外はまだ雨が降っていた。

　シトシトと降り続ける。

　私は持ってきていたビニール傘を溜まり場に置いたまま歩き出した。

　ビニール傘の持ち手には、みんなにもらったあのネックレスをかけておいた。

　あれは私が持っていてはいけない気がした。

　雨粒が私を濡らしていくけど気にしない。

　真っすぐ、家へ向かって歩いていく。

　気づけば、頬を雨か涙かわからないしずくが伝っていた。

　"愛"なんて存在しない。

そんなのうそだった。

私は、愛ってものを疑っていたから。

信じるのがただ怖かった。

本当はもうわかってるよ、愛ってもの。

湊たちを見てわかったもの。

これが、ここから去ることが、私の愛の形なんだよ。

うそつきで自分勝手な私をどうか許してください。

──プルルルル。

帰る途中で、スマホが震えた。

画面には【逢坂 湊】の文字。

「……っ、ふっ、……うっ」

その文字を見たら、涙が止まらなくなった。

「……み、なと」

私は道ばたにできた深い水たまりに、ボトンとスマホを落とした。

水の中でピカピカと光りながら鳴り続けるコール音。

もう視界が歪んで、スマホが見えない。

やがてスマホはピタリと音を止め、画面も真っ暗になった。

「……ごめんなさい。ありがとう」

私の独白は雨音に混じって消えていった。

「ただいま」

雨の中、傘も差さずに歩いて帰ってきた私はびしょ濡れだった。制服のスカートを絞ると水がしたたり落ちた。

「おかえり〜」

　てっきり家にはだれもいないと思っていたので、返事が聞こえておどろいた。

「どうしたの!?　びしょ濡れじゃん」

「お、お義姉ちゃん、どうしてここに?」

「荷物を取りに来たの。とにかく早くお風呂入ってきな！風邪ひいちゃうでしょ！」

　もう！って怒ってるお義姉ちゃんは、相も変わらず優しい。

　お義姉ちゃんに連れられるがままお風呂に入って、リビングへ行くとホットレモンを作ってくれた。

　少し生姜も入ったそれは、体を芯から温めてくれる。

「……結愛、ごめんね。実の母のことなのに、何も気づかなかった」

「…………」

「結愛はずっと苦しんでたんでしょ。ずっと」

　そう、私はずっと苦しかった。

　自分がどこで、何をまちがえてしまったのか、何もわからなかった。

　どうしていいのか、わからなかった。

「お義姉ちゃん、お義母さんはどうしてああなってしまったんだろう」

「……あの人は、いい母になりたかったんだと思う」

　お義姉ちゃんは私の目を見て、少しずつお義母さんのことを話し始めた。

「前は結愛とどうしたら仲よくなれるかって、いつも考えてた。でもいい母親になりたいという気持ちが、自分を追い詰めてしまったんじゃないかな」

　私とうまく話せず、どう向き合えばいいかわからなくなり、ふつうの親子みたいになれないと感じたお義母さんは、自分ではなくて私が悪いと考えるようになった。

　そうしてお義母さんは次第に私を責めるようになった。

「私がもっとうまく気持ちを出せたらよかったのかな。そうすればお義母さんも……」

「ちがう、それはちがうよ。結愛は自分のことを責めちゃダメ。何があったとしても、暴力を振るったあの人が悪い」

　お義姉ちゃんは強い口調で言って、私の手を取る。

「私は今回のことであの人を軽蔑した。だけどね、ごめん。私にとっては血のつながった母親だから、お母さんを突き放すことができない」

　それは当たり前のことだ。

　だってお義姉ちゃんはお義母さんにひどいことをされたことはないし、"ごくふつうの仲のよい親子"なんだから。

　今のお義母さんに寄り添える人は、きっとお義姉ちゃんしかいない。

　お義姉ちゃんはうつむいて、繋いでいる手を見つめている。

　私は今にも泣きだしそうな表情のお義姉ちゃんの顔をじっと見ていた。

「結愛、これだけはわかってて。お母さんは結愛のことを

愛してたんだよ」

「そんなのうそだよ」

「うそじゃない。誕生日の時とか、お母さんは私の"スピーチコンテストのお祝い"とか言ってたけどね、ケーキのチョコレートプレートには私たちふたりの名前と"おめでとう！"って書かれてたんだよ」

　それは本当……？

　でも、本当だとしても私のことを愛してくれていた証拠にはならない。

　あの場にはお父さんとお義姉ちゃんがいたから、ただ見せかけのものだったかもしれないし、もし本当に私のことを考えてそれをしてくれたのだとしても、これまで私を苦しめた事実のほうが大きい。

「お母さんは、たしかに結愛を愛してた。ただね、不器用な人なの……」

　そう言われても、私はお義姉ちゃんみたいには思えない。

「ごめん、お義姉ちゃん。今それを聞いてもやっぱり私はお義母さんを許すことはできない」

「結愛……」

　私の言葉にお義姉ちゃんは反射的に顔を上げる。

　お義姉ちゃんの瞳は揺れていた。

「そうだよね。お母さんがしたことはぜったいに許されないことだと思う」

　私はもう、お義母さんには会うことはないだろう。

「……でも、聞いてよかった。教えてくれてありがとう」

「結愛っ……」

　私の手に生あたたかいしずくが落ちてきた。

　それは私のものではなく、お義姉ちゃんのものだ。

　私は泣かなかった。

　これで本当に終わったんだという実感で、心が軽くなっていた。

「お義姉ちゃん、元気でね」

「結愛もね」

　お義姉ちゃんとももう会うことはないと思う。私たちは赤の他人になってしまった。

「結愛はこの街を出るんだっけ？」

　うなずくと、お義姉ちゃんが涙をぬぐって私を見つめる。

「この街を離れて、本当にいいの？」

「うん。私がそうしたいってお父さんに言ったの」

「だけど、気持ちが変わったりしないかなって」

　お義姉ちゃんは、私が変わったことになんとなく気づいているのだと思う。

「私ね、今まで自分のために、自分だけのために生きてきた。だけど、ある人たちと出会ってね、人の考えとか想いとか、考えるようになって……」

「うん」

「言い始めたらキリがないくらい、その人たちには感謝してる」

　努力を知らない見せかけの友達。

　私に無関心な家族。

　なんてつまらない世界なんだろうって思ってた。

　でも湊や佳穂たちと出会って私の世界は広がった。

「だったら……」

「だからこそ、ここを離れたほうがいいと思うんだ」

「どうして？」

　お姉ちゃんが私に優しいまなざしを注ぐ。

「私はここにいたら、その人たちに甘えちゃうから。いつかまた会えたとしたら、その時は堂々としていたいの」

「そっかぁ、結愛らしいね」

　もしも再会することがあれば、その時は湊と実波さんを祝福したいよ。

　それからカッコイイ私を見てほしい。

　だから私はここを離れたら、もっとがんばって勉強して、夢を見つけて、幸せになるから。ぜったいに。

　もっと強くなるから。

「お義姉ちゃん。私、負けないよ」

　自分の心にもそう言い聞かせて、あふれそうになっている涙をこらえた。

　忘れない。

　ここで過ごした日々を、この三カ月を私は決して忘れない。

XX　ガラスの靴を拾ったのは

　春になった。

　佳穂や三人組と出会ったあの日から、一年が経とうとしている。

　私は無事第一志望の大学に入学して、いそがしくも充実した毎日を送っている。

　今も私は、お父さんと暮らしている。大学進学に伴ってひとり暮らしを始めようとしたのだけど、お義母さんの件以来、神経質になったお父さんが心配して、お父さんとともに大学のある街に引っ越すことにしたのだ。

　離婚してからも、お父さんはあの件のことを持ち出しては何度も謝ってくれた。

　でも、私は謝ってくれたことよりも、気持ちを理解してくれたことが嬉しかったし、もうお父さんに罪悪感を抱いてほしくなかったから、その話をするのは終わりにしようと言った。

　私が転校してからの４人のことは何も知らない。

　気になる気持ちもあるけど、きっと笑顔で過ごしていると信じている。

「お父さん、いってきまーす」

「いってらっしゃい！　父さんは今日、遅くなると思うから戸締りして先に寝ろよ」

「わかった」

　"いってきます" に "いってらっしゃい"、"ただいま" に "おかえり" の言葉が返ってきたり、いっしょにごはんを食べ、休日には親子で買い物に行く。

　日々の些細なことが幸せで、よろこびを感じてる。

　そしてそんな風に思える自分が、結構気に入ってたりする。

　私が通っている大学は、自宅のマンションからそう遠くはなくて、電車に乗って２駅分揺られれば着く。

　お父さんの会社は私の通う大学からは離れている。通勤時間はかかってもいいから、私の大学の近くに引っ越そうと言いだしたのはお父さんだった。

　駅を出て、大通りの交差点を渡ればすぐそこが大学。

「今日はあったかいな」

　信号が青になり、歩きだそうとしたその時。

「結愛……？」

　なつかしい声が、私を呼んだ。

「隼人……」

　そこにいたのは、あの時から変わらない姿の隼人で。

「お前っ、なんでここにいんだよ！」

「なんでって、このへんに住んでんの」

「……まじかよ」

　まさかこんなところで再会するとは夢にも思っていなかった。

「隼人こそ、なんでここにいんの」

「なんでって、そりゃ……たまたまだよ！　たまたま！」

「は？　たまたまでこんなところに来るわけないでしょ」

「もう俺のことはいいんだよ。気にすんな」

　目を泳がせて、必死に言いわけをさがすように話す隼人。

「てか、なんで黙って俺らから離れてったんだよ。あれか
らみんな、とくに湊が──」

「みんな、元気？」

「あ？　お、おう、元気だけど」

「ならいいけど」

　隼人の話をうまくそらした私は、心の中で安堵する。

　いくら隼人でも、本当の理由は話せない。

　隼人を通じて、みんなに伝わってしまう可能性があるか
らだ。

　べつに口が軽いというわけではなく、隼人は口止めした
としてもボロを出しそうだから……。

「ねえ、隼人。私とここで会ったこと、みんなに言わない
でね。とくに湊にはぜったい」

「……は？　なんでだよ」

「だってもう会わないつもりだったし」

　まだ会うのが怖い。

　湊は実波さんと仲よくやっているのだろうか。

　もしかしたら、もう籍を入れているかもしれない。

　要するに私は、まだ心の準備ってやつができていないの
だ。

「なんで会わないつもりなんだよ」

「さっきからあんたは"なんで""なんで"って、うるさい」

「だって、お前のしてることが謎すぎるんだよ……」

　隼人の声が弱々しくて、ちょっと罪悪感が芽生えた。

「私が話すことはもうない。じゃあね、隼人」

「えっ、待てよ！　結愛！」

「会ったこと、必ずないしょにしてね」

　バレちゃったらその時はその時だけど。

　アタフタしている隼人がちょっぴりおかしくて、ふっと笑ってから180度方向転換した。

　そして歩きだそうとしたとたん、ボンッと人にぶつかってしまった。

「すみませんっ」

　とっさに謝って、顔を上げるとそこには……、

「結愛」

「……み、なと……、」

　会いたくなくて、会いたかった、湊がいた。

　うそでしょ？　なんで？

　あわてて振り返ると、すでに隼人はいない。

「結愛」

「…………」

「結愛、こっち向いて」

　気まずい。

　この状況がとてつもなくイヤだ。

「久しぶりだな」

「久しぶり」

「やっと会えた」

　あいかわらず整った顔が、うれしそうに笑う。

　なんでそんなふうに笑うの？

　切なさで胸がいっぱいになるのに、透き通った綺麗な瞳に私が映っていることが、たまらなくうれしかった。

　すると、湊の目は怒りの色を灯す。

「っていうか、さっきの "もう会わないつもり" って何？」

「えっ？　……ああ、聞いてたの？」

「勝手に消えて、もう会わないつもりとかふざけてんの」

「み、湊、怒って——」

「怒ってるよ。怒るに決まってんじゃん」

「ご、ごめんなさい」

　湊の圧倒的な迫力を前にして反射的に謝った。

「なに勝手にいなくなってんの？」

　そう言う湊の顔は、おそろしいほど真顔で。

　嫌われたんじゃないかと思った。

「俺がどんだけさがしたか……心配したかわかってんの？」

「……え」

「残された俺の気持ちなんて、まったく考えてないだろ」

　考えたよ。考えたに決まってるじゃんか。

　心臓をガシッとつかまれたみたいに苦しくなる。

　考えてないのは湊のほうだ。

　私の気持ちを考えたことある？

　湊と実波さんを、近くで見続けていた私の気持ちを。

「考えてもわからないよ、湊の気持ちなんて」

　婚約者がいるのに私に優しくしてくる、湊の考えなんてわかりっこない。

「結愛がいなくなって、結愛のこと、あきらめようとした。でも、無理だった。結愛がそばにいないとやってらんない」

「……あきらめる？」

　湊がいったい何の話をしているのかわからなくなる。

「結愛なしじゃ生きていけない」

　とんでもない緊張に襲われて、喉がカラッカラに渇いて、ヒリヒリする。

　湊、自分で何言ってるかわかってる？

　それって私のこと好きって言ってるようなもんだ。

　実波さんと結婚するはずの湊が、そんなこと言うなんて許されない。

「結愛がそばにいないなんて考えられない」

　これがもし夢であるなら、何があっても覚めないで。

　でもできることなら、夢でも、うそでもないと言ってほしい。

「俺のものになって……」

　涙が、あふれた。

　心臓が止まってしまいそう。

「だって……、湊。実波さんが……っ、婚約者……」

「そんなん、断ってたに決まってんだろ。バカじゃねえの」

「バ、バカ？」

「親が決めた婚約だから、お互いに相手がいなければそのまま結婚することになってたけど、俺は結愛と出会ってす

ぐに断ることにしてた」

「だってそんなの、聞いてないし……」

「俺は何回も話そうとしただろ。実波と会ってたのは、婚約を破棄するために、いろいろ話し合いとかあったんだよ」

　夏休みの特別補習後、私を待ぶせしていた湊との会話を思い出す。

『実波と何を話したの？』

『湊と実波さんのことに決まってるじゃん！　実波さんの婚約者なのに私にかまわないで』

『……ごめん。でもやっぱり俺の話を聞いてほしい。ちゃんと一からぜんぶ話すから』

『…………』

『約束して。今度必ず、俺の話聞くって』

　あの時湊は、婚約破棄すると伝えるつもりだったんだ。

　私が逃げてたから。逃げて話を聞かなかったから。

　だから湊は……。

　速く打つ鼓動は私の体温を上げていき、涙はとめどなく流れてくる。

「それじゃ私は何のために湊から離れたの？」

「……結愛？」

「だって実波さんとの仲をジャマしちゃいけないって、そう思って。でもセーブできなくてこれ以上湊のそばにいちゃいけないんだって思って」

　いっぱい考えて出した私の結論。

　なのに、こんな……。

　とつぜん腕を引っ張られて、湊の胸に飛びこんだ。

　びっくりして離れようとすると、腰をがっちりホールドされて動けなくなる。

「結愛……、その涙は、俺が好きだから？」

「……っ、」

　耳元でつぶやかれて、肩がビクッと上がった。

「ねえ、俺のこと好き？」

「……好きっ、」

「……っ」

　私がずっと隠してきた気持ちを解放したのと、私の体が解放されたのはほぼ同時だった。

「……どうしよう。バカみたいにうれしい」

　手の甲で口を押える湊。

　その姿ですらかっこいい。

「結愛が目指していた大学は知ってたから、そこに進学していることに賭けて、ずっと結愛のことさがしてた」

　賭けに勝った、と言って湊は笑う。

　そこまでしてさがしてくれたんだ、と心が震えた。

「それと、忘れ物」

「これって……」

　湊がポケットから取り出したのは、あのシンデレラのネックレスだ。

「これは結愛が持ってないとダメだから」

　そう言って私の首につけてくれる。

　またこのネックレスをつけられることがうれしくて、5

人で過ごした日々を思い出して、涙があふれてしまった。

「泣きすぎ」

　涙が止まらない私の頬を、湊が笑いながら指で拭ってくれる。

　そしてもう一度、私を抱きしめた。

「結愛、好きだよ。やっと捕まえた。もう離さないから」

　湊の腕の力が強くなって、私と湊の距離がゼロになる。

「好きで好きで、俺から離れられないようにしてやる。覚悟しとけよ」

　もう離れないよ。

　その言葉は、降ってきた少し乱暴なキスによって阻（はば）まれた。

「結愛ちゃん！」

　私の名前を呼ぶ、透き通ったかわいい声。

　華やかな雰囲気と愛らしいその笑顔。

「佳穂！」

　私はみんなと再会して数日経った今日、佳穂と会って、湊とつき合うことになったと報告した。

　すると佳穂は一度目を丸くして、それからにっこりと笑って喜んでくれた。

　友達に、佳穂に祝福してもらえて、幸せだ。

「やっと通じ合えたんだね！」

　さすがに涙目になっている佳穂を見た時はギョッとしたけれど。

　次の瞬間、さみしそうな表情をするもんだから、私の脳内は疑問でうめつくされる。

「どうしたの？」

「結愛ちゃんの"一番"は、湊くんにあげなきゃと思って」

「……バカなの？」

「ひどいっ」

「佳穂はいつまで経っても一番だよ」

「……結愛ちゃん」

　私のはじめての"本当の"友達。

　信頼できる友達。

　私の、一番の友達。

　それが、佳穂。

「だけど、湊は特別な人なの」

　愛を教えてくれた人。

　愛してくれた人。

　私にとって大切な人。

　私は湊から離れることができない。

　ふたりとも大切だから比べられない。でも、私にはぜったいに欠かせない存在であることだけは同じ。

　湊と佳穂、それから隼人と拓。

　お義姉ちゃん、お父さん。

　お母さんと、お義母さん。

　私が生きていた中で、影響を与えてくれた人。

　出逢わなかったら、きっと今の私はいなかった。

　そう思うと、みんなに出逢えてよかったって心底思う。

「結愛ちゃん……！　これからもずっと友達だからね！
もう隠しごとはナシだよ」
　小指を立てて、約束だからね、と言う。
　私は彼女の小指に自分の小指をからめて、心からの笑み
をこぼした。

エピローグ

　せまくない自分の部屋で、ひとりうずくまった。

　寒さに震え、両腕を体にきつく巻きつける。

　すると、

「風邪ひくぞ」

　私の腕なんかよりずっと力強く、私の体を包みこんだ。

　そのぬくもりに安心して体をすり寄せれば、痛いぐらいぎゅっと抱きしめられる。

「好き」

　何度言っても足りない言葉。

　見返りなんて求めたりしない。

「愛してる」

　あなたに伝えたいのはこれでも足りない。

　きつく抱きしめられていた腕がゆるみ、ふたりの間にすき間ができた。

　不安になって顔を上げると、待ちかまえていたかのようにキスをされた。

　息もできないほど、何度も何度も落とされたそれは私を染めていく。

「だれよりも愛してる」

　湊の声とともに、ふたたびキスが私に落ちてきた。

fin.

甘えるのがヘタな
キミだから

　湊とつき合い始めて、もうすぐ一年になる。

　湊の大学も私と同じ県内にあり、佳穂や拓、隼人も地元を離れ、隣県にある大学に通っていた。

　そのため、高校生の時ほどまででないけど、ちょくちょく集まって遊んでいる。

　金曜日の夜、今日の講義の復習をしていると、スマホの通知音が鳴った。どうやら5人のグループメッセージが動いたようだ。

【明日遊園地に行かない？】

　とうとつすぎる佳穂からの誘いにおどろいたのだが、それは私だけのようだった。

　"三人組"は、あっという間に明日の予定を立てていく。

　さいわい私も明日はバイトが入っていなかったので、行くことができそうだ。

　みんなでお昼ご飯を食べてから行こうという話になって、集合場所と時刻、それから【楽しみ！】と喜んでいるうさぎのスタンプが送られてきて、トークは終了した。

　遊園地に行くのはそう、小学校以来だ。

　あの時はお父さん、お義母さん、お義姉ちゃんと4人で行った。

　すごく楽しくて、笑顔だけの思い出。

　その日以来、家族で来れなかったのはお父さんの仕事がいそがしくなってしまったから。

　今思えばあの時期が、一番幸せを感じていたかもしれない。

　次の日、湊が車で私の家まで迎えに来た。高校生の頃は運転手付きだったけど、今は湊が自分で運転している。

　ほかのみんなもそれぞれ車で来ていて、駅前に5人で集合すると、まずはお昼ご飯を食べに行った。

　付き合い始めた頃は、レストランも高級すぎるところばかり連れて行かれたけど、私がお店を選んだりして、最近はふたりで食べる時もみんなで食べる時も、学生相応のお店に行くことがほとんどになっていた。

　今日は佳穂の提案で、SNSで話題のパスタがおいしいお店へ。お腹いっぱいになったあと、いよいよ遊園地へ向かった。

「遊園地って久しぶり！」

　土曜日の正午を過ぎた遊園地はにぎわいを見せていた。

　ぴょんぴょんと飛びはねる佳穂のテンションはすごく高くなっているようで、アトラクションを片っ端から制覇していく。

　中でも絶叫マシンがお気に入りらしく、佳穂は何度も何度も乗っていた。

　けれど何回も乗れば気持ち悪くなるのも無理はなく、私は途中でリタイアした。

　その点、佳穂はどれだけ乗って、どれだけ回転して、何度急落下しても、きゃはきゃはと笑って必ず「もう1回！」と言うから、参ってしまう。

　拓や隼人もつき合っていたが、最終的にはゲッソリしていた。

　　見かねた湊が、少し休憩しようと提案する。

「俺たちが何か適当に買ってくるから、佳穂と結愛ちゃんはここで待ってて」

　拓はそう言いながら、佳穂と私をオープンテラス席に座らせて、三人はお店へ向かった。

「ねえ、結愛ちゃん。湊くんと付き合ってもうすぐ一年でしょ？」

　3人の姿が見えなくなると、佳穂がそう切り出してきた。

「よく覚えてるね」

「そりゃ覚えてるよ！　だって結愛ちゃんと私が再会できた日でもあるんだから！」

　湊と再会してつき合うことになったあのあと、湊がひとり暮らししている家に5人で集まった。

　再会した時、佳穂があまりにも泣くものだから、つき合うことになった報告はその日にはせず、後日伝えたのだ。

「一年記念日は、ふたりでどこか出かけるの？」

「一年記念日……？」

　世のカップルはつき合った記念日をお祝いしているんだっけ？

　ふと、高校生時代にクラスの女子が『彼氏が一年記念日を忘れていた』と愚痴っていたことを思い出した。

　やはり普通はお祝いするものなのだろうか？

「佳穂たちは、記念日はいつもお祝いしてるの？」

「もちろん！」

「そうなんだ……、何も考えてなかったな」

　それに湊だって、きっと何も考えていないはずだ。何も言ってこないし……。

　高校生の頃、自分とは無縁だと思っていた"記念日"というものをお祝いしたいと思っている事実に、信じられない気持ちになる。

「そもそも結愛ちゃんたちって、デートとかしてるの？」

「してるよ」

　でも部屋で一緒に過ごすことが多い。たいてい湊の家で、映画を見たりしている。

　それを不満に思ったことはないけれど、たまにはふたりで出かけたりしたい気もする。

「結愛ちゃんから誘っちゃお！」

「え……」

「たまにはわがまま言えばいいんだよ。結愛ちゃんって、湊くんに遠慮してるところがあるんじゃない？」

「そんなことないと思うけど……」

「じゃあ結愛ちゃんから会いたいって言ったことある？」

「…………」

　ない、かもしれない。

　いつも湊が誘ってくれるから、私はそれに応じるだけだった。

「結愛ちゃん、もっと湊くんに甘えていいんだよ」

　佳穂はそう言うけれど、甘えるっていったいどういうこと？

「佳穂は拓に甘えてるの？」

「そうだね、私は結構甘えちゃうなぁ。拓くんも甘やかして
くれるしね」

「たとえば？」

「ええ!?　たとえばって言われても……言葉にしようとす
ると照れちゃうね！」

　佳穂は顔を赤くする。

　佳穂と拓はいつだって仲がよさそうで、喧嘩していると
ころは見たことがない。

「甘えるって言っても、簡単なことでいいんだよ。会いた
いって言ってみたりとか。私はハグしてってお願いしたり、
自分から抱きついてみたりとかしてるよ」

「……そんなのできない……」

　私には難易度が高すぎる。

　そりゃ、湊に抱きしめられたらうれしいし、ハグしたいっ
て思うけど。

　それを自分からって……、恥ずかしいし、絶対に湊は嫌
がるはずないのに、万が一拒まれたらって考えてしまう。

「最初は少し勇気が必要かもしれないけどさ、結愛ちゃん
のわがまま、きっと湊くんは喜ぶと思うけどな～」

　佳穂は頬杖をついて、にこやかにこちらを見ている。

　わがままで喜ぶって、どういうこと……？

「おまたせ～」

　私が考えこんでいると３人が飲み物を買って戻ってき
た。

「拓くん、ありがとう～！」

　佳穂が満面の笑みを向けると、拓もつられて優しい笑み
をこぼした。

　ふたりの関係はまさに理想的だなと思った。

「……どうかした？」

　会話に入っていなかった私を湊が気遣う。

「何でもない、だいじょうぶ」

　湊は納得いっていない顔をしていたから、微笑みかけた。

　こんなに優しい湊だから、きっと私のわがままもこころ
よく聞いてくれるだろうけど……。

　少し休憩をすると、またみんなでアトラクションを乗っ
た。

　そして遊園地が夕日に赤く染まる頃、隼人がこんなこと
を言い出した。

「休憩がてらオバケ屋敷入ろうぜ」

　ベタな展開だなと思いつつ、４人についていく。

　佳穂はオバケ屋敷は苦手なのか、並んでいる時でさえ不
安そうな面持ちだ。

　湊や拓は相変わらず涼しい顔をしていて、隼人はソワソ
ワと落ち着かない様子。

　私はオバケや幽霊はまったく怖くないし、作り物だとわ
かっているから、絶叫マシンよりよっぽど得意だ。

「ど、どうしよう。私オバケとか無理なの！」

「みんなで行くんだから大丈夫だよ」

「そうだぜ、佳穂！　絶対楽しいって」

　そんな会話を交わしながら佳穂、拓、隼人が私と湊の先

を歩いていった。

　オバケ屋敷の中は当たり前だけど薄暗く、奇妙なBGM
が流れていた。

　でもやっぱり、まったく怖くない。

　こういうのって運営側としては、怖がられた方がうれし
いのかな。

「へ、へぇ〜。なかなか雰囲気出てんじゃん」

　いつの間にか、隼人が私の隣に来ていた。

　心なしか声が震えている気がするんだけど、気のせい？

　その時、左側にあった障子(しょうじ)がガタガタと激しく揺れ、「助
けて〜」という声とともに女の人のシルエットが映しださ
れた。

「うわぁぁぁぁっ！」

　隼人はそれにおもしろいぐらいビクッと反応した。

　え、本当に？

　だってあんなところに障子あったら不自然だし、なんか
あるって気づくでしょ、ふつう。

「ねえ、隼人って……オバケ……」

「う、うっせぇ！」

「え、だって、隼人がオバケ屋敷入ろうって言いだしたよ
ね？」

　謎は深まるばかりだ。

　佳穂はと言えば、血まみれの男や髪の長い女といった幽
霊の人形が飛び出してくるたびに、「キャァァァァァァ！」と
お手本のような悲鳴を披露(ひろう)していた。

　そしてずっと拓にベッタリとくっついたままだ。

　拓は佳穂が歩けるようにサポートしている。もうさすが
としか言えない。

「結愛は怖くないの？」

　隣にいた湊が尋ねてきた。

　その涼しげな顔は健在だ。

「まったく怖くない」

　真顔で言い切れば、湊は笑った。

「"目に見えないものは信じられない" だもんな」

「……からかってるの？」

「まさか」

　どうだか。

　なんかすごく楽しそうな顔してるんだもの。

「そう言う湊はどうなの」

「俺？　俺は幽霊が怖くないって言ったらうそになるけど、
これは明らかに作り物だしなぁ」

　それは私も同感だ。

　さっき見た女の幽霊はどう見てもマネキンだった。

　それも、へたしたらデパートにでも置いてありそうなク
オリティのマネキンで、どうも怖いとは言えない。

　どちらかと言えば、ここは子どもが楽しむようなオバケ
屋敷だ。

「うわぁぁぁぁぁぁぁぁぁぁぁっ！」

　だれよりも大きな声で絶叫し、ビクビクしている隼人。

　こんな一面があったなんてね。

　弱みを握れたし、楽しいかも。

「ねえ、隼人」

「うっわぁぁっ‼」

「……ちょっと隼人？」

　しまいには私にまでおどろくものだから、相当苦手なんだなと実感した。

「ぶっ……、あはははははっ」

　ついにこらえきれなくなり、大笑いする私。

　そんな私につられてか湊も笑いだす。

　ああ、おもしろい。

　隼人は恐怖で目に涙を浮かべ、私と湊は笑いすぎて涙目になっていた。

「長ぇんだよ！　このオバケ屋敷！」

「そんなことないよ、ふつうだって……、あは、あははっ」

「お前っ！　いいかげん笑うのやめろ！」

　だって隼人が必死でおもしろいんだもん。

　しばらくこのネタでからかってやろう。

「湊もなんとか言えよ！」

「隼人もかわいいところがあるんだな」

「お前までぇー‼」

　かわいいと言われたのが恥ずかしかったのだろう。

　隼人は顔を真っ赤にすると、前に歩いていた佳穂と拓も抜かしズンズンと先頭を切って歩いていく。

　あ、扉の右側にガイコツがあるけど、気づいてる？

　結構わかりやすい位置に配置されてるし、気づいてるか

と思って黙っていた。

　すると、次の瞬間。

　そのガイコツがウィーンという機械音を立てて動いた。

　へぇ、目も光るのね。

　私はのんきに考えていたのだけど、穏やかでない人がひとり。

「ぎゃぁぁぁぁぁぁああ‼」

　今日一番の叫び声が、オバケ屋敷の外まで響いた。

「もう俺は一生オバケ屋敷に入らないっ」

「うん、その方がいいと思うよ。鼓膜が破れるかと思った」

「拓くんの言う通り！　ホント隼人くんってばうるさい！」

「な、何だよ！」

　オバケ屋敷を出ると濃紺(のうこん)の世界が広がっていた。

　観覧車の照明が、まばゆい光を放っている。

「結愛ちゃんもそう思うよね⁉」

「うん。でもまあ、佳穂もかなり叫んでたよね」

「そ、そんなことないよう！」

「ほら見ろ！　俺と佳穂はそんなに変わんねーよ！」

　どんぐりの背比べってやつだな、とひとりクスリと笑う。

「何笑ってんだよ」

　隼人がムッとした表情をした。

　それもまたおかしくて、謝りながらも笑ってしまった。

「ねえ、最後に観覧車乗ろうよ」

　佳穂が提案する。

「俺、下で待ってるからカップル同士で乗ってこいよ」

「えー！ それはさみしそうだから、隼人くんも私たちと
いっしょに乗ろ！」

　佳穂は拒んでいる隼人の腕をグイグイと引っ張りなが
ら、拓とともに観覧車乗り場に向かっていく。

「俺たちも乗ろう」

　湊が左手を私の右手にするりと絡ませて、歩きだした。

　これまで何度も手を繋いできたけどやっぱりドキドキす
るし、乗り場の係員がにこにこしながらこちらを見てきた
のも、少し恥ずかしかった。

　──ガタン。

　ゴンドラがゆっくりと上昇し始める。

　静かな空間に、まるで私と湊が現実から切り離されたよ
うな感覚になった。

　目の前に座る湊は、何を考えているのかわからない表情
で遠くなる地上を見つめていた。

　佳穂と隼人が、私と湊をふたりっきりにしてくれたんだ
と思う。

　一年記念日の約束を取り付けるチャンスをくれたんだ。

　私は、小さく息を吐いて勇気を振りしぼる決心をした。

「……あの、湊……」

「ん？」

　ゴンドラの窓の外に向けていた視線が私に移される。

　柔らかなその眼差しにドクンと胸が鳴った。

「私たち、もうすぐ付き合って１年でしょ？ それで、記
念日にいっしょに出かけたいんだけど……」

　私からこういうことを言うのははじめてだからか、湊は目を少し見開いていた。
「……それはデートのお誘いってこと？」
「そう、です……」
　ゴンドラの中の静かな空気に、私の小さな声が吸い込まれていくようだった。
「俺も記念日はいっしょに過ごすつもりだったけど、こうやって結愛から誘われるのはうれしいもんだな」
　そう言って湊が微笑むから、胸が熱くなった。
　やがてゴンドラは頂上へ達して下降していく。
　窓から点々と見える地上の光が、湊の端正な顔を引き立てていた。
　湊の顔に見入っていると、とつぜん湊が立ち上がる。
　その瞬間、ゴンドラが揺れた。
「きゃっ」
　湊はそのまま私の隣に座って、私の指に自分の指を滑らせて包みこんだ。
「ごめん、隣に行きたくなった」
　湊の手は優しくて、いつだって余裕があるように思えた。
　動揺してしまうのは、恋愛初心者の私だけ。
「どこか行きたいところとかあるの？」
「それはとくにないかも」
　誘うことに神経を注いでいたせいで、どこに行きたいとか、何をしたいかとか、まったく考えてなかった。
「じゃあプランは俺が決めてもいい？」

「……お願いします」

　ゴンドラが地上に着くと、先に降りて私に手を差し出しながら「まかせて」と言う湊を、王子様みたいだと思った。

　先に観覧車から降りたみんなは出口の前で待っていてくれた。

「ねえ、聞いてよ結愛ちゃん！　隼人くんってば高所恐怖症だったんだって〜！　早く言ってくれたらよかったのに！」

「無理矢理乗せたのはお前だろ！」

「だって、『カップルで乗ってこい』とか回りくどい言い方するから、本当は乗りたいけど遠慮してるのかと思ったんだもん！」

「上に行くうちに、だんだん隼人の顔色が悪くなっていったもんな、……ぷっ、」

「おい！　笑うな！」

　拓は観覧車の中のことを思い出したみたいで、「ごめん」と言いながら笑っている。

　すると、隼人は顔を真っ赤にして怒っていた。

　そんなみんなを見て、本当に仲がいいなとあたたかい気持ちになった。

　閉園時間も近づき、車へ戻る途中、こっそり佳穂に観覧車で湊を誘ったことを報告した。

「結愛ちゃん、よくがんばったね〜！　だから湊くんもあんなに機嫌よさそうだったんだ」

「そう?」

　たしかに観覧車から降りた後、笑顔だったけど、それは隼人のことがあったからだと思っていた。

「観覧車からこっちに歩いてくる時、手も繋いでるし、見てるこっちがキュンキュンしちゃったよ〜。結愛ちゃんも幸せそうな顔してた」

「……うん、幸せ」

　素直にそう思うのだ。

　思わず笑みがこぼれると、佳穂は満足げに微笑んだ。

　私たちの一年記念日は平日だった。

　記念日に近い週末に過ごす手もあったのだけど、せっかくだから当日にお祝いしようということになって、大学が終わったあとに会うことになった。

　さいわい、私も湊も講義は午前中だけ。

　私は一度家に帰って、準備をする。といっても準備らしい準備は何もなかった。

　最近覚えたばかりのメイクは、湊にしないように言われたので何もしていない。同様にヘアセットもしないで、と言われた。

　今日の予定について湊から何も聞いておらず、まったくわからない。

　期待半分、不安もある。

　そのとき【着いた】という連絡が来て、マンションの外に出ると湊の車が見えた。

　かけ寄って、助手席に乗りこむ。

　いつもセットされている髪は今日はノーセットみたいだけど、それはそれで似合っていた。

「夜遅くなるかもしれないけど、結愛のお父さんにごあいさつしなくて大丈夫？」

「朝言っておいたから大丈夫。それに今日は仕事だから家にいないよ」

　お父さんに、おつき合いしている人がいるといことは伝えている。

　けれど、まだふたりを会わせたことはない。

　お父さんも湊もお互いに会いたがっているけれど、いつもタイミングが合わない。

　私も湊のご両親には会えていない。ごあいさつだけでもしたいと思っているのだけど、まだそれは叶っていない。

　そもそも、湊のご両親は私たちが住んでいたあの街にいるから、なかなか会う機会がないのだ。

「じゃあ行こうか」

　私がシートベルトをすると、湊は行き先も告げずに車を発進させる。

「今日はどこ行くの？」

「行けばわかるよ」

　聞いてもはぐらかされるので、諦めて窓の外を見る。

　景色は住宅地から、お店が並ぶ商業地へと変わっていった。

「着いたよ」

　車が止まったのは、全面ガラス張りのファッションビル風の建物だった。

「ここは……？」

「美容院だよ」

「えっ!?」

　湊は車から降りると、助手席のドアを開けて、動揺する私に「降りて」と言う。

　何が何だかわからないまま、湊に連れられて美容院に入る。

「お待ちしていました」

「伝えていた通りにお願いします」

「かしこまりました。結愛さんはこちらへ」

　べつべつの部屋で施術（せじゅつ）されるらしく、女性のスタッフに私だけ呼ばれるから、振り返って後ろにいる湊を見ると「あとでな」と微笑まれた。

　席へ案内されると、女性のスタッフふたりにメイクとヘアセットを施された。

　自分ではここまでうまくできないから、プロの技術に感激した。

　メイクはピンク系でまとめられていて、まぶたには上品なラメがキラキラと輝き、華やかに色づいている。

　ハーフアップされた髪は丁寧に巻かれて、黒髪をふわふわと柔らかな印象にしている。

「すごい……」

「素材がいいのでメイクさせていただけて、すごく楽しかっ

たです」

　私を変身させてくれた方がそう言って鏡越しに笑いかけてきたので、私も笑顔を返す。

　湊と会う時、いつもこれくらい綺麗でいられたら……。

　もっとメイクの勉強をしようと思った瞬間だった。

「湊さんも終わったようなので、こちらへどうぞ」

　スタッフに導かれて建物の入口へ戻ると、ヘアセットされた湊が待っていた。

　その姿を見て、息をのむ。

　いつも額を隠している前髪はセンター分けされていて、ゆるくウェーブがかかっている。

　初めて見る髪型だけど、とても似合っている。というか、色気が倍増している。

　前髪が分けられているせいで湊の目がしっかりと見えるから、なんとなく視線が合わせられない。

「ありがとうございました」

　湊は目をそらしている私の腕を強く引き、急ぎ足で美容院を出る。

「待って、お支払いは!?」

「もうしてある」

　いつの間に？とおどろいている間に、車の助手席に乗せられた。

　運転席に湊が乗り込んでドアを閉める音がしたが、なかなかエンジンをつける様子がない。でも私はまだ湊のほうを見れずにいた。

「結愛、こっち見て」

　太ももの上に乗せていた手に、湊の手が被せられた。その瞬間、肩を上げてしまったけど、ゆっくりと湊に目線を向ける。

　すると、湊がじっと私の顔を見つめていた。

　なんだか恥ずかしくなってかぁっと顔に熱が集まる。

「やば、かわいい」

　湊は独り言のようにつぶやき、手で口元を隠した。

　その言葉に私の心臓がうるさくなっていくのを感じた。

　"綺麗"とか"美人"とか言われることはあるけれど、"かわいい"と言ってくれるのは湊だけなので、言われるたびに慣れない反応をしてしまう。

　湊から向けられる言葉が、何よりもうれしい。

「湊も、かっこいい、よ」

　途切れ途切れになりながらも伝えると、湊は目を細めた。

　車を走らせて、次に着いたのは私でも知ってる高級ブランド店だった。

　本当にここなの？と入口で立ちすくむ私の手を引いて、慣れた様子で店の中へ入る湊。

　店内はとても普段着とは言えない、ドレスが並んでいる。

　こんなところに来たことがないので、緊張で顔が強張った。

「彼女に似合うものをお願いします」

　湊の言葉に、店員が5着ほどワンピースを持ってきてく

れる。

　どのデザインもステキだけど、私が着てもいいものなのだろうか……。

「結愛はどれがいい？」

「私は……、これかな」

　選んだのは、繊細なレースが素材となっている水色のワンピース。

　手が込んでいてすごく高そう。

　つい値段を確認しようとすると、背後から湊の大きな左手で値札を隠され、右手で目をふさがれる。

「プレゼントだから結愛は値段見るな」

　でも、さっきの美容院もこのワンピースも湊に払ってもらうなんて、申しわけない。

　そんな私の考えを読み取ったかのように、湊は言葉を続ける。

「俺にデートプランはまかせたのは結愛でしょ。今日くらいカッコつけさせて」

　解放された視界に映る湊はまぶしくて、今日限定じゃなくていつもカッコいいのにと、本気で思う。

　湊のスーツはどっちのほうがいいか聞かれて、ダークグレーを選んだ。

「着てみて」

　湊にそう言われて試着室に入り、自分で選んだ水色のワンピースに袖を通す。ヘアセットやメイクがくずれてしまうのではないかと心配したが、背中にファスナーがあった

ので胸を撫で下ろした。

　それを着た自分を鏡で見ると、首元にはあのネックレスが光って、まるで魔法をかけてもらったような気分になった。

　試着室を出ると、私が選んだスーツに着替えた湊がいた。

「すごく似合ってる」

　笑ってそう褒められるから、やっぱり照れてしまう。

　湊のほうこそ、すごく似合っていて、このスーツを選んで正解だったなと心の中でつぶやく。

「これこのままください」

「ありがとうございます！」

　値段はわからないけど、ぜったいに高いのに……。湊は動じることなく会計を済ませる。

「……本当にいいの？」

　おずおずと聞くと、湊は何も言わず口元に弧を描くだけだった。

　最近は湊も、タワーマンションに住んでいること以外、どちらかと言えば大学生らしい生活をしているけれど、今日は御曹司であることを思い出さずにはいられない。

　圧倒させられて、私も湊に釣り合う人にならなくてはと改めて感じた。

　湊に連れて行かれたのは有名ホテルのフレンチレストランだった。

「逢坂さま、お待ちしておりました」

　ギャルソンが案内してくれたのは、ほかの席から少し離

れた窓際の席。窓からは都会のきらびやかな夜景が見えた。

　高級レストランには何度か連れて来られたことがあるけど、やはり落ち着かない。

　コースの料理が運ばれてきても動作がぎこちない私に、湊が「ほかの席と離れた席を選んだから、気負わずに食べればいいよ」と言ってくれて、少しだけ気持ちが軽くなった。

　そこからは料理のひとつひとつを味わうことができて、湊と他愛もない話をしながら食事を楽しんだ。

　そして、コースも終盤、デザートが運ばれてきた時、湊が小さな紙袋を取り出した。

「え？　なにこれ？」

「記念日のプレゼント」

　うそでしょ？　十分すぎるプレゼントをもらっていたのに、さらに用意しているなんて。

「私、何も用意してない……」

「結愛はそばにいてくれるだけでいいよ」

　湊は甘い笑みを浮かべる。

　私はその色気にクラクラした。

「開けてみて」

　紙袋の中には、丁寧にラッピングされた正方形の箱が入っていて、リボンをゆっくりと解いて開けるとアクセサリーケースがあった。

　パカッと、アクセサリーケースを開けてみると、そこには小さなダイヤモンドが3粒あしらわれたハートのモチー

フのネックレスが。

「……っ、」

　胸がいっぱいになって、涙が込み上げてきた。

「結愛はいつも４人であげたネックレスをつけてくれるけど、俺だけがあげたものをつけてほしくて」

　湊はいたずら好きの子どものような微笑みを見せる。

「ありがとう……っ、私、湊の彼女になれて幸せ」

「…………」

「湊、好きだよ」

　私が素直になるのことはあまりないから、湊はびっくりして目を見張っている。

「……そんなこと言われると、帰したくなくなるんだけど」

　ため息をついて、片手で顔を隠しながら私をチラリと見る湊は、いつになく余裕がないように見える。

「帰さなくてもいいけど？」

「……ダメ。結愛のお父さんにあいさつしてからって決めてるから、今日は我慢する」

　そういうところ、律儀だなと思う。でも、そんなところが好きだ。

　レストランを出ると、冷たい風が私たちを吹きつけた。

「私、湊のご両親にごあいさつしたい」

　車に戻る途中、ずっと考えていたけれど、湊に言い出せなかったそれを伝えてみた。

　なぜだか今日は言えそうな気がして……。

　湊は目をぱちくりとさせたあと、笑った。

「わかった。今度いっしょに実家に帰ろう」

　あっさりと承諾されてホッとするとともに、気持ちに余裕が生まれる。

「……ねえ湊。ギュッてして？」

　だから、こんな大胆なお願いできたんだと思う。

　おどろいた表情でかたまった湊をじっと見つめると、腕を引かれて強く抱きしめられた。

「そんな技、どこで覚えてきたの？」

　耳元に吐息がかかり、ドキリと心臓がはねる。

「いつもは結愛を独り占めしたいから家で過ごしてたけど、こんな結愛が見れるなら出かけるのもいいね」

　湊はそう言って微笑むと、チュッと音を立てて短いキスをする。

　されるがままの私は、顔を火照らせることしかできなかった。

fin.

afterword.

あとがき

こんにちは、古城あみです。

このたびはこの作品をお手に取っていただき、そしてここまで読んでいただき、ありがとうございます。

この作品は、今から約4年半前にサイトで書いたものです。

当時の私がどんな気持ちで書いていたのか、正直忘れてしまった部分もあるし、今の私と考え方、価値観がちがう部分もあると思います。でも、共通して考えているのは、"一生懸命に生きる人ってかっこいい"ということです。

このお話は結愛が愛を知っていくという話ですが、サイトでこの作品を書いた当時の私もストーリーの裏に"結愛が一生懸命に生きている強さ"を書いていたと思うんです。生きていればやっぱりつらいことも多いです。でも、そんな今を一生懸命に生きてるみなさまも、私も、きっとかっこいいはずですし、頑張ったその先にはきっと幸せがあるはずです。そんな私の考えのもと、この作品が完成しました。

初めての編集作業は慣れないことばかりで、もともと遅筆なことに加え、私生活が忙しい時期と重なってしまったこともあり、キツいと思うこともありました。編集にあた

り読み返すと、自分の稚拙な文章が恥ずかしく思ったりもしました。それでも夢だった書籍化に向けた編集作業はとても楽しかったです。

　これを読んでくださったみなさまにも楽しんでいただけていたら嬉しいです。

　最後に、素敵なカバーイラストを描いてくださった小鳩ぐみさま、いつも応援してくださる方々、この作品に携わってくださったすべてのみなさまに感謝いたします。本当にありがとうございました。

　みなさまが明日を笑顔で迎えられますように。

2022年1月25日　古城あみ

作・古城あみ（こしろ　あみ）

東海地方在住。お茶と睡眠とYouTubeが好き。食べることも好きだが、一度にたくさん食べれないのが悩み。登場人物に感情移入しすぎるのでハッピーエンドのお話が好み。今作が初の書籍化作品。
現在はケータイ小説サイト「野いちご」にて活躍中。

絵・小鳩ぐみ（こばと　ぐみ）

埼玉県在住。少女漫画家、児童書等のイラストレーターとして活動中。
年齢、性別関係なく、ときめく気持ちや乙女心を大切に制作しております！

ファンレターのあて先

〒104-0031

東京都中央区京橋1-3-1

八重洲口大栄ビル7F

スターツ出版（株）書籍編集部 気付

古城あみ 先生

孤独なシンデレラに永遠の愛を捧ぐ。

2022年1月25日　初版第1刷発行

著　者　古城あみ
　　　　©Ami Koshiro 2022

発行人　菊地修一

デザイン　カバー　Scotch Design
　　　　　フォーマット　黒門ビリー＆フラミンゴスタジオ

ＤＴＰ　朝日メディアインターナショナル株式会社

編　集　長井泉　中澤夕美恵

発行所　スターツ出版株式会社
　　　　〒104-0031 東京都中央区京橋1-3-1　八重洲口大栄ビル7F
　　　　出版マーケティンググループ
　　　　ＴＥＬ 03-6202-0386（ご注文等に関するお問い合わせ）
　　　　https://starts-pub.jp/

印刷所　共同印刷株式会社
Printed in Japan

ISBN 978-4-8137-1208-4　C0193

読むたび何度でも恋をする…全力恋宣言！
毎月25日はケータイ小説文庫の日♥

**心に沁みるピュアラブやキラキラの青春小説、
「野いちご」ならではの胸キュン小説など、注目作が続々登場！**

ケータイ小説文庫　2022年1月発売

『モテすぎる男子から、めちゃくちゃ一途に溺愛されています』 雨乃めこ・著

高1の美少女、美乃里はチャラ男子が苦手。絶対に関わらないと思っていたけど、学園祭で学園一のモテ男・果歩とペアを組むことに。苦手なタイプだったのに、果歩の意外な一面に触れ、しだいに心惹かれ…。「俺もう美乃里ちゃんしか無理！」――心揺れ動くふたりに胸きゅんが止まらない。

ISBN978-4-8137-1206-0
定価：649円（本体590円＋税10%）　**ピンクレーベル**

『吸血鬼くんと、キスより甘い溺愛契約』
~チャラモテなイケメン先輩が、私に一途な王子様になりました~ みゅーな**・著

人間と吸血鬼が共存する特殊な学校・紅花学園に通う高1の緋羽は、運命の王子様との出会いを夢見る人間の女の子。一途な吸血鬼と契約を結びたいと願っていたはずなのに…。「可愛さぜんぶ――俺にちょうだい」チャラくてモテモテな高3の吸血鬼・透羽に見染められちゃって!?

ISBN978-4-8137-1207-7
定価：649円（本体590円＋税10%）　**ピンクレーベル**

『孤独なシンデレラに永遠の愛を捧ぐ。』 古城あみ・著

高3の結愛は義母から暴力を受け、絶望の日々を送っていた。ある日、いじめられていた佳穂を助けたことから、イケメン御曹司"三人組"と関わるように。その中のひとり、湊は結愛の傷に気づき「お前の居場所はここだ」と急接近する。ひとりぼっちだった結愛に訪れた奇跡の恋物語に涙！

ISBN978-4-8137-1208-4
定価：616円（本体560円＋税10%）　**ブルーレーベル**